JN119313

虚仮王

倉橋　寛

風媒社

虚仮王

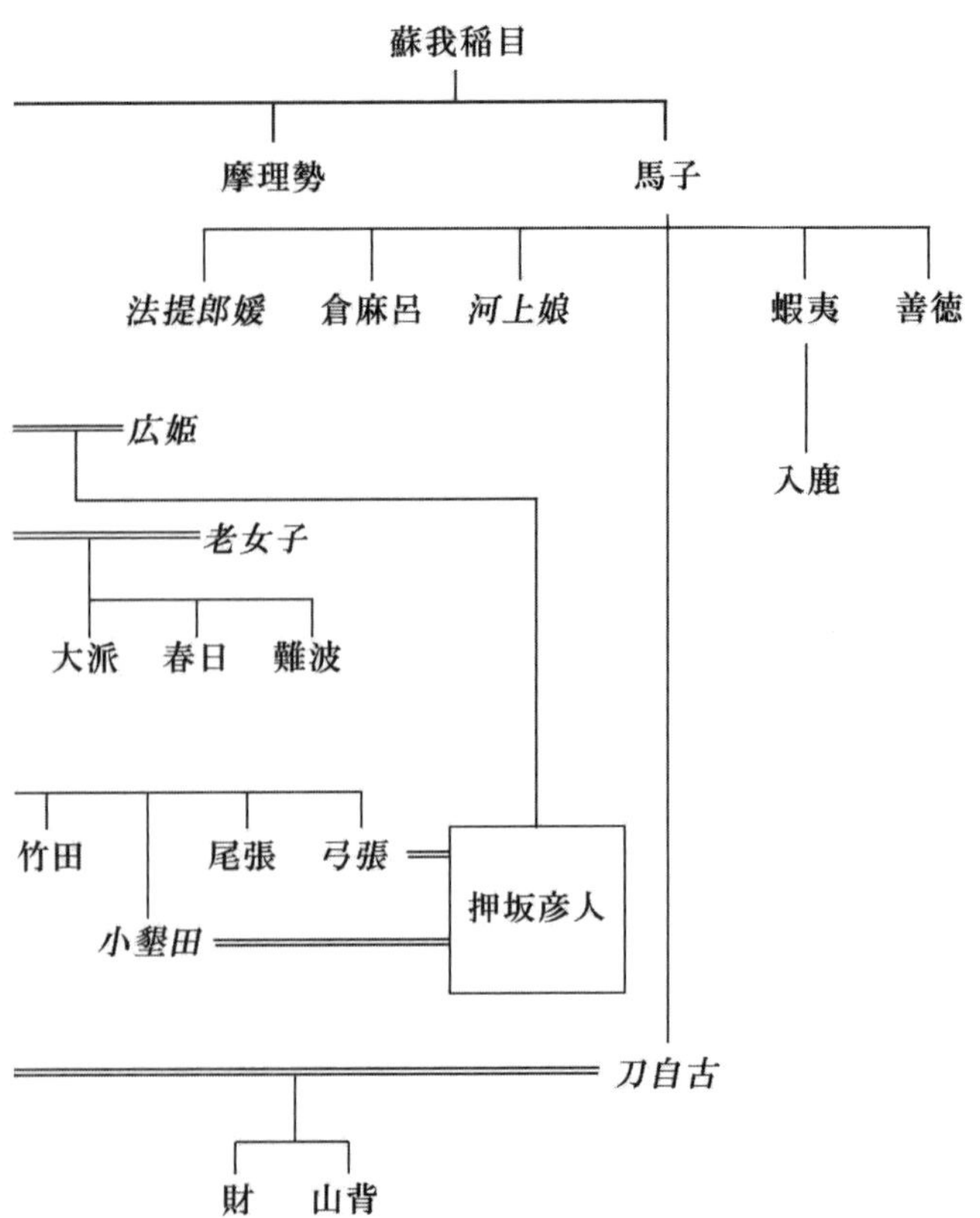

※ 大きい文字は大王、斜体文字は女性を表わす。

＜厩戸王 関係図＞

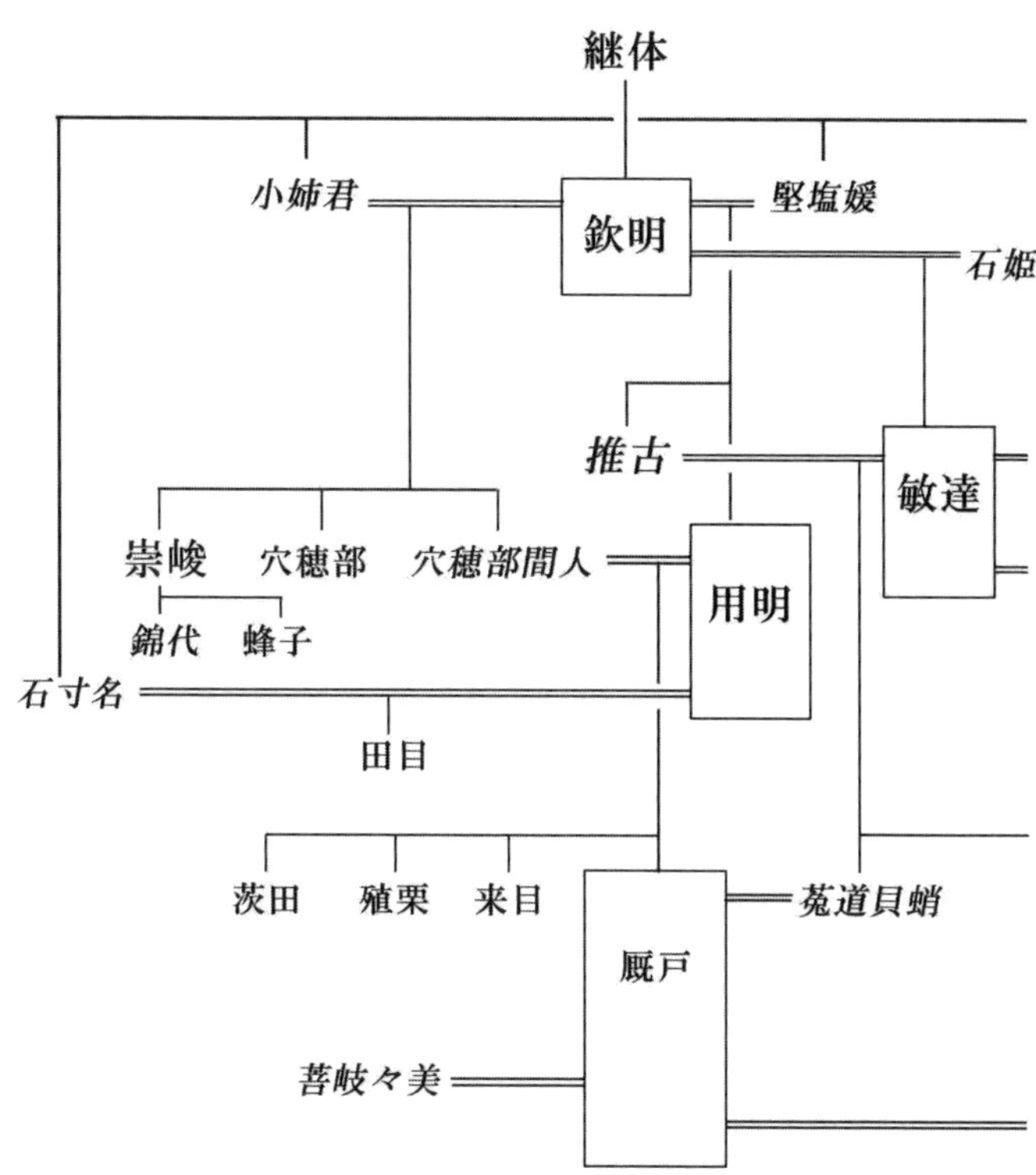

継体
小姉君
欽明
堅塩媛
石姫
推古
敏達
崇峻
穴穂部
穴穂部間人
用明
錦代
蜂子
石寸名
田目
茨田
殖栗
来目
厩戸
菟道貝蛸
菩岐々美

一

秋の澄んだ青空が眼前に広がっている。

藤原宮の大安殿の回廊に立って、太上天皇の持統は南の空を見つめた。ここから真南の方角には、夫であった天武天皇が眠る墓がある。

天武が崩御したときには、すでにこの新都の建設は始まっていたが、天武の墓が真南になるように宮の位置を変更した。政（まつりごと）を引き継ぐことになった持統にしてみれば、常に見守っていてほしいという思いであったろう。自分を励ますためでもあり、また諸臣らにも天武が見ているという暗示の意味もあったかもしれない。いずれにしろこの宮にいるときには回廊に立って、はるか彼方の夫に思いをはせるのが持統の日課になっている。

すでに天武の死から十五年が経ち、それ以後にも様々なことがあった。帝位を継ぐはずの草壁皇子（くさかべのみこ）が死去し、やむをえず持統が即位して、この藤原宮を完成させるなど天武の残した仕事らせた。

を引き継いだ。無論、自分一人で成したわけではなく、高市皇子を太政大臣にして政務に当たらせた。

その高市皇子も五年前に死去し、翌年には草壁皇子の遺児である軽を即位させた。軽は当時まだ十五歳の若さで、即位を危ぶむ声もあったが、持統が後ろ盾となり強引に押し切った。今ではその軽も十九歳となり、ようやく天皇としての威厳も備わってきたように思える。このごろは朝廷の行事にも、あえて持統は姿を見せないことが多い。のちに文武天皇と呼ばれる新帝の御代は、この先、長く続いていくに違いないと持統は肩の荷が下りる思いであった。

（これでよろしゅうございますね）

彼方の夫に向かって、持統は尋ねた。

持統もすでに五十代の後半にさしかかり、この当時としては晩年と言っていい。髪にも白いものが混じっている。

（あと少し、やり残したことが終われば、私もそちらへ参りますわ）

心の中で言うと、かすかな笑みを浮かべた。

そのとき、回廊の端を回って一人の男が姿を現わした。持統のそばまで来て静かに片膝をついた。

「お呼びとうかがいましたが」

大納言の藤原不比等（ふひと）である。

「帝は、もうどのあたりまで行かれたであろうな」

「まだお立ちになってから二刻（ふたとき）ほどでございます。吉野口にも着いておられぬでしょう」

少し笑いを含んだ口元で不比等は答えた。

「そうか」

持統も特に気になって聞いたわけでもなかった。

「そなたは供をせなんだのじゃな」

「はい、右大臣様と大納言の石上麻呂（いそのかみのまろ）様が同行されておりますので。我は朝廷で留守役を命じられました」

この日、九月十八日の朝、文武天皇は紀伊の国へと出発した。先月に襲来した台風で紀伊、河内、摂津方面に大きな被害が出たために、視察と慰問が目的であった。側近や役人、警備の兵を含めて百人以上の者を従えた行幸である。

「そうですか。そなたは娘のこともあるゆえ、供を免ぜられたのでしょう。無事に生まれると良いですね」

「はい、誠にありがたき御配慮にて、かたじけのう存じます」

不比等の娘の宮子は文武天皇の夫人であったが、子を身ごもって近々生まれることになっている。文武の初めての子であった。

「そなたには律令を完成させたばかりで、頼み事をするのも申し訳ないが、また一つやってほしいことがあるのじゃ」

持統は南を向いたままだった身体を、はじめて不比等のほうへ向けると屈み込んだ。二人の目線が同じ高さになった。

「帝もようやく独り立ちされたが、ここまで帝位を継ぐ者として育てるのに、私も大変苦労をした。どう育てて良いものか、手本とするものがないからじゃと気がついた。知っての通り、浄御原の帝も甥と戦って勝利したのちに即位されたが、そのような形を手本とするわけにはいかぬ。我が父もそうじゃ。蘇我を打ち倒して政を一新されたが、あれも非常のときのこと。そうならぬために天皇は、日頃から人々を包み込むように治めることが肝要であろう」

持統が言葉を切ったために、不比等は顔を上げた。

「まことに仰せの通りにございます」

「今、国記の編纂が続いておるはずだが、あれはどこまで進んだのか。代々の天皇の中で手本となるような方はおらぬか、そなたに調べてほしいのじゃ」

持統の視線をそらして、不比等は考える素振りをした。

「たしか川島皇子様が御逝去されたあとは忍壁皇子様が取り仕切っておられましたが、このところ律令のほうへかかり切りで手が回っておられぬようでございました。一度、編纂所を見て参りましょう」

「もしも宮子の生む子が皇太子になるならば、その養育にも手本が必要となろう。良い手本を見つけてほしい」

持統が声をひそめたために、不比等は再び持統の顔を見た。宮子が皇太子を生めば、不比等にとっても孫ということになる。事の重要さを持統の視線は語っていた。

「承知いたしました」

不比等が頭を垂れると、持統は立ち上がって再び視線を南の空へ向けた。

午後に宮を退出した不比等は、妻である県犬養三千代（あがたいぬかいのみちよ）の屋敷を訪ねた。

この当時は夫婦でも同居はせず、ときおり夫が妻のもとを訪ねるというのが夫婦の形である。三千代は草壁皇子の妃であった阿閇（あへ）皇女のもとで女官として仕え、その娘の氷高（ひだか）の養育にも当たった。その功によって宮の近くに屋敷を与えられて、今も阿閇皇女に仕えている。

不比等の屋敷よりは小さいが、女官としてこれほどの屋敷を与えられている者はいない。なにより宮に近いということが、阿閇皇女の三千代への信頼の高さを示している。

門をくぐると庭で遊んでいた童女が走り寄ってきた。

「達者にしておったか、多比能(たびの)」

不比等は童女を抱き上げると笑いかけた。多比能は三千代との間に生まれた娘で四歳になる。切りそろえた黒髪の下の顔は、三千代に似て端正な美しさがある。自然と不比等の顔がほころんだ。

「今お帰りでございますか」

縁先に三千代が出てきて、二人の姿に笑いかけた。すでに三十代後半になる年齢だが、清楚にまとまった顔立ちのためか、まだ三十前と言ってもよいほどの容姿である。その三千代の姿にも不比等は笑みを浮かべた。不比等は美しいものが好きであった。

「安宿も変わりはないか」

「はい、よう眠っておりますわ」

三千代は奥に視線を向けつつ答えた。

この夏に不比等との間に二人目の娘が生まれていた。安宿媛(あすかべひめ)、のちの光明子である。

「本日、上皇様より、あることを命じられてな」

邸内の一室で、不比等は三千代に語りかけた。

酒をたしなまない不比等のために、三千代は柿をむいて出した。

「あることとは、宮子の出産のことでも」

「当たらずといえども遠からずじゃ」

不比等は三千代の勘の良さが嬉しかった。

不比等には始め蘇我娼子（しょうし）という妻があり、武智麻呂、房前（ふささき）、宇合（うまかい）という三人の息子を成したが、娼子は五年前に病死していた。他に腹違いの妹、五百重娘との間に四男の麻呂が生まれ、さらに賀茂比売（かもひめ）との間に宮子、長娥子（ながこ）の二女がある。

その宮子が文武天皇の夫人となり、このたび懐妊したのである。もしも男子が生まれれば、皇太子となる可能性が高い。

「宮子の産む子に限ったことではないが、皇太子を養育するために、手本となるべき方を見つけてほしいと仰せでな。いにしえの帝の内に、どなたか範となるような人物がおらぬか、今編纂の途中である国記を調べよと言われたのじゃ」

不比等は柿を噛みつつ、そう説明した。

「たしかに範となるべき御方がいらっしゃれば、幼少の子供にも話して聞かせやすうございますね。誰ぞ心当たりの御方はございますか」

「さて、どうであろう。我も考えてはみたが、これという御方は思い浮かばぬ。明日もう一度、編纂所から借り出した国記を読んでみるつもりだが」

三千代も少し考えるふうに首をかしげたが、思い浮かぶ名はない。

「我らが知っておるのは、せいぜいこの五十年ほどのこと。我が父が近江の帝と蘇我を討った頃からの数十年は、とても穏やかな年月とはいえぬゆえ、範とするような帝もおられぬ。もう少しさかのぼって探すことになりそうじゃ」

「あまり古い御方では、夢まぼろしのようになってしまいませぬか」

「そうかもしれぬな」

不比等は腕組みをして考え込んだ。

「いっそ、そういう御方を作っておしまいになったらどうです」

「作る、とは」

その言葉に不比等は驚いて三千代の顔を見た。

「範となるような御方を作るのです。どうせそのように古き世のことなら、誰も知る者はおらぬでしょう。慈しみの心に満ち、優れた政をなされたという話を作り出せば良いのではございませぬか」

「女人は思い切ったことを言うのう」

呆れたような顔で不比等は苦笑した。

「そのような話を作り出して、国記に偽りを記すわけにはいかぬであろう。歴代の帝の治世を正しく残すための国記が空言（そらごと）になってしまっては、編纂をお命じになった浄御原の帝に背（そむ）くことになる」

「帝ではない御方なら良いのではございませぬか。帝のお身内にそのようなご立派な方がおられたということなら」

三千代の頭の中は、不比等を置き去りにしたまま次第にふくらんだ。

「帝では他の帝と比べられて障りも出てきましょう。帝以外の、たとえばお側近くで帝をお助けしたような方で、できればその血筋は今に残っておられぬほうが障りもなく良うございましょう」

「そのように都合の良い御方がおるものか」

不比等は呆れて聞いていたが、三千代の言葉はたしかに心の中に残った。


翌日、参内して国記を読んでいた不比等は、ふとその手を止めた。

豊御食炊屋姫、のちに推古天皇と呼ばれるが、この天皇の御代の部分である。このとき皇太子とされたのは推古帝と敏達帝の間に生まれた竹田皇子であったが、若くして死去し、次に皇太子とされたのが用明帝の子の厩戸皇子である。用明は推古の兄であるため、推古と厩戸は叔母と甥の関係になる。

この御代は蘇我馬子が大臣として権勢を振るった時代であり、次の蝦夷、入鹿へと勢いを増した蘇我氏が天皇家をしのぐほどに増長し、中大兄皇子と中臣鎌足が入鹿を討つ乙巳(いっし)の変へとつながった。

このとき皇太子となった厩戸皇子には大した事績もなく、早くから朝廷とも距離をとって斑鳩に移り住んだ。馬子の牛耳る朝廷では、何も為すことがなかったのであろう。推古帝より早く死去したために皇位を継ぐことはなかったが、その子の山背大兄皇子は皇位の継承争いに巻き込まれ、蘇我入鹿によって一族は滅ぼされている。

(この御方ならば三千代の申したように、皇太子の手本となるように作り変えても、誰にも障りはないかもしれぬ)

不比等は国記の草稿を手にしたまま、思いを巡らせた。

(馬子の事績をこの皇子の為したことにすれば、蘇我氏の功を打ち消すこともできる。蘇我の横暴ぶりのみを書き残せば、それは我が父、鎌足の為したことの正しさを明らかにすることにもつながる)

不比等はもう一度、国記の記述に目を落とした。

二

この厩戸皇子が生まれたのは敏達帝二年のこと。

まだ皇子という呼び名もなく、男子も女子も王と呼ばれていたのだろう。天皇もまた大王（おおきみ）と呼ばれた時代である。

この厩戸王が生まれたとき、母の穴穂部間人（あなほべのはしひと）は驚いた。

「今、この子は南無仏と言いましたよ」

出産で乱れた髪のまま、腕に抱いた赤子の顔を凝視した。

「そのようなことを、生まれてすぐの赤子が言うはずはあるまい」

傍らにいた用明帝、このときはまだ即位しておらず大兄王（おおえのおう）という名であるが、ともかく赤子の父は穏やかに笑った。

「いえ、たしかに申しました」

上気した頬で言う妻の手前、無碍（むげ）にもできず大兄王は赤子をのぞき込んだ。目をつぶったままの赤子は、乳を飲んで満足したのであろう、口をむちゃむちゃと動かしている。それが南無仏と、母には聞こえたかもしれない。

「信心深い子になるかな」

大兄王が笑うと、周囲にいた侍女たちも微笑んだ。

「きっと立派な大王様になられましょう」

母は安心したように笑みを浮かべて目を閉じた。

この大兄王と穴穂部間人王は、どちらも欽明大王の子で、腹違いの兄妹であった。腹違いと言っても母同士も蘇我稲目の娘であり、非常に濃い血縁の中で厩戸王は生まれたことになる。

当時は欽明大王の三十二年という長い治世のあとに、子の敏達大王が即位したばかりである。敏達帝に何かあれば弟の大兄王に大王の座が回ってくるかもしれないが、他に兄弟も多いし、その可能性は低そうである。

無事に出産を終えて和やかな空気が流れる中、侍女の一人が大兄王に告げた。

「ただいま大臣(おおおみ)様が宮から戻られて、ご挨拶に伺いたいと申しておりますが、よろしゅうございますか」

「ああ、大臣が参ったか。お通ししてくれ」

大兄王は少し慌てたように腰を浮かせながら言った。

やがて廊下に音がして、一人の若い男が部屋の外でひざまずいた。

「無事の御出産、まことにお目出度うございまする。知らせを聞きまして、急いで参りました」

その若者、蘇我馬子はこのときまだ二十歳をいくつか過ぎたばかり。身体はさほど大きくなく小柄だが、そのため顔の大きさが目立ち、太い眉毛と大きな目は他人を圧するほど立派である。

長く大臣を務めた父の稲目が三年前に死去し、その翌年に欽明大王も崩御したために敏達の即位に合わせて、馬子も大臣の座についた。

「初産であったが、おかげで無事に生まれた。礼を申す」

「いえ、我ら蘇我の血を引く御子であれば一族も同然。こちらこそ御礼を申し上げます」

馬子は深々と頭を下げた。

蘇我の屋敷はいくつかあるが、この石川にある蘇我の屋敷で穴穂部間人王は出産した。穴穂部にとっては母の小姉君(おあね)の里であり、大兄王の妻となってからもこの屋敷で生活をしていた。この当時は夫婦といっても別居する妻問(つまど)い婚のため、妻は実家で生活し続け、ときどきに夫が訪ねるという形態である。

「お顔を拝見してもよろしゅうございますか」

馬子は快活そうな笑顔で言うと、大兄王も笑顔で応えた。

「ああ、こちらへ来て見てくれ」

馬子は穴穂部の側まで進み寄ると、

「ほう、これは立派な耳たぶでございますな。きっと聡明な御子になられましょう」

と驚いて見せた。

「そうなれば良いがな」

大兄王は笑みを浮かべて赤子を見つめたが、さてこの子の将来が明るいものになるかどうか、見当もつかなかった。その表情に気づいた馬子は、

「大王様も近々、息長(おきなが)の石姫様を后としてお立てになりましょうが、男子が一人と女子が二人では心許ないゆえ、新たに夫人を召してはいかがかと大連(おおむらじ)などが申し上げております。大王様には大兄王様をはじめ穴穂部王様、泊瀬部(はつせべ)王様とご兄弟もおられますので、それほど御子を増やすこともなかろうと思うのですが」

と気遣うように言った。

「兄上も心配なのであろう。大王家の血筋を途絶えさせぬようにな」

この大兄王の祖父に当たる継体大王は、大和の大王家の血筋が絶えたために乞われて越前から畿内へ来て大王家を継いだ。血筋が遠すぎるということで反対する豪族も多く、大和へ入る

までに二十年近くかかっている。

「たしかに絶えるのは困りますが、多すぎても争いの元になりましょうでな。そこはほどほどにしていただければ良いのですが」

馬子は冗談を言って座を取りつくろった。

「ときにこの子の名前だが、この蘇我の家で育ててもらうのなら蘇我王とでもいたそうかと思うが」

大兄王の申し出に、馬子は少し驚いた顔をした。

「それは光栄なことでございますが、この先も蘇我の家で御子をお育てするやもしれませぬ。皆が蘇我王では都合の悪いことに」

「なるほど。それならばこの石川の屋敷ということで石川王はどうじゃ」

「ならば、この馬子が大臣となって最初にお育てする目出度き御子にございますれば、我が家に宿るという意味で、馬宿（うまやど）王様とさせてはいただけませぬか」

「馬宿王か。それも良いな」

側で聞いていた穴穂部間人が、赤子を胸に抱いたまま口を挟（はさ）んだ。

「大臣ならば馬も勇ましゅうて良いでしょうが、大王家の者には、いささか不似合いでございましょう。他の文字に変えられませぬか」

「では厩（うまや）の戸ではいかが。読みは変わらず厩戸王様で」

「それは面白き名じゃ。そなたが厩の戸に腹を当て産気づいたことにでもしようか」

大兄王が笑うと、穴穂部間人は少し不機嫌な顔をしたが、あまりごねても叔父の馬子に悪い気がして、

「それならよろしゅうございますわ。厩戸だそうですよ、お前の名は」

と胸の赤子に語りかけた。

目を閉じたままであったが、赤子はまた口を動かした。

「ほら、また南無仏と」

明るい母の声が産屋に響いて、皆が笑い声を上げた。

聡明な子になると言った馬子の予言は、なかなかその兆しも見せなかった。しゃがみ込んで草花をいつまでも眺め、また小さな虫を興味深そうに追いかけて、他の子と遊びたがらなかった。二歳下に来目（くめ）王という弟が生まれ、養育先の久米氏のもとから戻って同居するようになったが、快活な弟に比べると厩戸王は凡庸と言っても良い子供であった。

ただ父の大兄王が信心深い子になると言った言葉の、その片鱗を見せ始めたのは厩戸王が十一歳になったときのことである。このころ蘇我馬子も大臣になって十年以上が過ぎ、ようやく

朝廷の中で重き存在として認められるようになりつつあった。かねてから馬子には仏教をこの国でも盛んにしたいという思いがあったが、反対する物部氏などの前に実現できずにいた。

この年、敏達帝十三年の九月、百済から二体の仏像がもたらされた。馬子はその仏像をもらい受け一体は屋敷に、もう一体は屋敷の東に仏殿を造って安置した。

「こうして祀(まつ)ってはみたが、何をすれば良いのか皆目判らぬ。仏法の師を探さねば」

すでに三十年以上前に、仏教は百済から伝わってはいた。そのときも馬子の父の稲目が国内に広めようとして、大連(おおむらじ)の物部氏と対立した。困った欽明大王は蘇我の屋敷に仏像を置き、礼拝することを許した。ところがその直後に疫病が流行し、仏教のせいだと抗議する物部らの意見に圧されて大王は仏殿を焼かせ、仏像は難波の海に捨てさせたことがあった。

馬子がまだ童のころの出来事だが、当時住んでいた向原(むくはら)の屋敷の仏殿が燃え上がる様は、今も鮮明に記憶に残っている。それは蘇我一族の中に屈辱として残り、両家とも代が変わった今も、物部氏に対する敵対感情となっている。

「かつてとは異なり、新たに渡来する者も増えておる。あの者たちを束(たば)ねるためにも仏法を認めて、拝むための仏殿を建ててやらねば」

渡来人たちの多くは仏法を信じており、当然のことながら、それを擁護する有力者のもとへ集まるようになる。彼らのもたらす新しい知識や技術で、蘇我氏は急速に力をつけてきた。

馬子は周辺に人を送って探させたところ、播磨国に恵便という高麗人の僧を見つけた。還俗した者ではあったが、彼を仏法の師とした。また三人の少女を出家させ尼とした。

身近にそうした異形の者たちが住まうようになると、少年の厩戸王は強い興味を示した。珍しい虫を見るような思いだったかもしれない。

「あの像は誰なのじゃ」

おそるおそる仏殿をのぞいた厩戸王は、座っていた恵便の背中に声をかけた。

このとき恵便は三十歳ほどであろうか。振り向いて、そこに立ち尽くしている少年を見つけると優しげに笑った。

「あれは仏様です。遠い西の国で修行をされて、人の生きる道を多くの人にお示しになりました。我らもこうして手を合わせて拝めば、その道へ近づくことができます」

長身の恵便は背筋を伸ばし、金箔をほどこした像に手を合わせた。

「ここへ来て一緒にやってごらんなさい」

促されて厩戸も恵便の隣へ座り、手を合わせた。身動きせず仏像を眺めていると、どこか身体の内に清やかな風が通り抜けたような気がした。

ふいに厩戸は恵便の顔を見上げた。

「お感じになりましたかな」

恵便はそう言って微笑んだ。

そのとき仏殿の外で足音がして、厩戸が振り返ると三人の尼が立っていた。白い僧衣を頭からまとい、手にはそれぞれ捧げ物を持っている。

「ご無礼いたします。大臣様からの頂戴物を持って参りました」

一人の尼が恵便に声をかけた。

「そうか、ここへ並べておくれ」

恵便は振り返って、腰を浮かせた。

仏殿へ入ってきた三人の尼は、仏像の前の台の上に捧げ物を並べた。器に入った米や、盆に盛られた野菜などである。尼たちは厩戸がいないかの如くに静かに進んで、並べ終えると手を合わせて仏像の前から離れた。

珍しげに見つめている厩戸に気づいた恵便は、三人の尼たちに声をかけた。

「お前たち、そこに座りなさい。よい機会じゃ。こちらの厩戸王様にご挨拶なさい」

恵便に言われて下座に並んだ尼たちは、始めて厩戸に気づいたかのように見つめると手を合わせて頭を下げた。

「善信(ぜんしん)にございまする」

中央に座った尼が最初に名乗った。見たところ厩戸と同じほどの年齢である。

「恵善にございまする」

「禅蔵にございまする」

続いて両脇の二人も同様に頭を下げた。

「善信は南淵の司馬達等の娘で、兄の多須奈もまた仏道に励む者です。ほかの二人もこのたび出家して仏に仕える身となりました」

恵便がそう言って引き合わせた。

「このような年若い者でも仕えることができるのか」

「年の幼長は問いませぬ。信心さえあれば誰もが仏法の道に入ることができます」

恵便の答えを聞いて厩戸はもう一度、仏像に目をやった。

「厩戸様もこの仏像を拝んで、何かをお感じになられたならば、それはもう仏道へ入る証をいただいた御方と申して良いでしょう。お好きなときにここへ来て、仏様にお手を合わせなさいませ」

恵便はそう言って、温かな笑みを浮かべた。

それから厩戸王は、たびたび仏殿を訪れるようになった。

屋敷内の一角にあるため、少年にとっては遊び場のようなものである。気が向くと上がり込んで、金色に光る仏像を眺めたりした。

あるとき仏像の前に座っていると、善信に声をかけられた。

「ずいぶんとご熱心でございますね」

まだ寒い冬の日であったが、堂内の空気のように善信の声にも何か冷ややかなものがあった。

「厩戸王様はこの仏様に手を合わせて、何かお感じになりましたか」

思わぬ問いに厩戸はどぎまぎとしたが、

「ああ、初めて手を合わせたとき、涼しい風が通り抜けたような気がした」

と答えた。

肩の辺りで切りそろえた髪が小さく揺れて、善信が少し笑ったように見えた。

「それで仏法をお信じになろうと思われたのですか」

「いや、それはまだ判らぬが」

厩戸もそこまで興味を引かれたわけではなかった。ただこの金色の像や、僧や尼たちの珍しさから足が向くというだけのことである。

「姿勢を正して座れば身体の内が整うて、風が通り抜けるようにも感じるものです」

意外なことを言う善信に驚いて、厩戸は目を丸くした。

「しかし恵便が……」

「恵便様は大臣様に頼まれて、都に仏法を広めようとされておるのです。良いようにおっしゃいますわ」

恵便とほかの二人の尼は、屋敷の東に造ったもう一つの仏殿に出かけている。そちらには石仏が祀られて、望む者はいつでも拝むことが出来るようになっている。今日はその者たちに恵便が講話をする日であった。

「私は父に命じられて尼になりましたが、少しも仏様など信じておりませぬ。兄も同様に仏法を学んでおりますが、仏法そのものよりも仏像を作ることに興味があって」

何を思い出したのか、また少し善信は薄笑みを浮かべた。

「簡単には仏様に近づけぬということですわ」

そう言うと善信は、刺すような目で厩戸を見つめた。

親に命じられて尼になった者からすれば、遊び半分で気ままに仏殿へ上がり込んでいる、同じ年頃の王族の少年が許せなかったのかもしれない。

厩戸もこのときから、善信のことを複雑な思いで見つめることになった。それが対抗心なのか、あるいはまた別の感情なのか、ただ胸の内が鈍く焼け焦げるような思いを持ち続けることになった。

翌年の春二月、蘇我馬子は大野の丘の北に仏塔を建てた。

完成の日には集まった信者らの前で、恵便が法会を行った。馬子をはじめとした蘇我の一族や、さらに蘇我に近い王族たちも居並んで完成を祝った。

「これでますます我が国の仏法も盛んになるであろう」

青空を背に高くそびえる仏塔を見上げて、馬子は満足げに笑った。

「王族の方々にも広まるように、大王から言い渡してもらいたいところだが」

そこまで言って馬子は言葉を飲み込んだ。物部や中臣など、仏法の導入に反対する豪族の存在をどうするかが問題であった。

その日から十日ほどして、馬子は病にかかった。まだ寒い季節に屋外に長くいたせいかもしれない。高熱が出て何日も床に伏したままであった。周囲の者が心配して卜者に占わせてみた。亀の甲羅を火で焼いて、生じるひびによって神意を得るのである。

「これは先の大王の御代に伝来した仏像を、稲目の大臣がねんごろに祀っておりましたものを、疫病の根源と申す者たちによって難波の海に捨てられてしまいました。それを探し出して再び祀れという御神託にございまする」

蘇我の者が急いでそれを奏上したところ、大王も馬子の病を捨てておくわけにもいかず、

「そのようにせよ」

と申し渡した。

仏像を捨てたのは三十年以上も前のことだが、捨てた場所は岸に近い堀江であったため海の中をさぐると、それはすぐに見つかった。泥の中から引き揚げられた仏像は汚れてはいたが、石像であるために洗い上げると仏の姿が復活した。これを蘇我の屋敷に祀って、まもなく馬子の病は回復した。

「大臣の病が、仏の力で治ったそうじゃ」

「仏の像に手を合わせるだけで、病が治るらしいぞ」

噂が広まるにつれて、東の仏殿に集まる者の数も次第に増えることになった。これに腹を立てたのは大連の物部守屋である。

「馬子め、見え透いたことをしおって。捨てた仏像を取り戻すための偽りの病に違いない」

守屋は中臣勝海(かつみ)とともに宮へ押しかけ、大王に詰め寄った。

「なぜ大王は異国の神をお許しになるのじゃ。大臣の申す事など嘘に決まっておりまする。卜者の神事のお告げというが、我が国の神が仏を祀れと言うはずがない。仏法を広めるための大臣の偽りであることは明らかでございます」

激高する守屋に続いて、中臣勝海が落ち着いた口調で奏上した。

「近頃、西国より病が広がりつつあります。死人も出始めていると聞きました。これは異国からの神を大臣が祀り出したのと期を同じくしておりまする。我が国の神がお怒りになってのことに相違ございませぬ。早うに仏法を禁じなければ、この都でも病で多くの者が死ぬことになりましょうぞ」

二人からの威圧に屈して、ついに大王は仏法を禁止することを認めてしまった。

ただちに守屋は兵を集めて、馬子が建てた仏殿や仏塔を破壊するよう命じた。軍事氏族である物部氏は兵の動きも迅速で、馬子がそれに気づいたのは東の仏殿が引き倒されてからであった。すでに大野の丘の仏塔は、火が掛けられ燃え上がっていた。

「何ということを！」

屋敷にいた馬子は、知らせを聞いて驚愕した。

「物部の兵はこの屋敷にも迫っておりまする！」

「早うに仏像を隠すのじゃ！」

馬子の命令で恵便が仏像を抱えて、さらには尼たちも仏具を布にくるんで持ち出した。

「蔵の中に潜（ひそ）んでおれ。我が何とかする」

馬子は恵便らにそう告げた。

女子供は、ただ恐れて立ち尽くすばかりである。

「我らは大丈夫じゃ。何事もない」

腰にしがみついてきた弟の来目王を安心させようと厩戸王がそう言ったとき、目の前を善信が走りすぎた。仏具の入っている布包みを両手で抱えて、懸命に走り去るときに厩戸と目が合った。何を思っているのか判らないその目が、厩戸の胸に刺さった。

呆然としたまま立っていると、次第に屋敷の外に兵の声が聞こえてきて、戸を叩く音やら剣や甲冑の触れる金属音やらが高まってきた。

「大王のご命令により、仏法を広めることはこの国に災いをもたらすゆえ、許されぬこととなった。この家の仏殿も取り壊すゆえ、ただちに門を開けよ！」

馬にまたがった守屋が、門の外で叫んだ。

「開けぬとならば突き破るまでじゃ」

馬子の返事を待とうともせず、守屋は太い丸太を持った兵数名を呼び寄せると、門に突き当てた。

「おのれ、守屋め！」

屋敷の内では馬子が怒りで紅潮した顔で立ち尽くしていたが、不意のことで兵もおらず抵抗のしようがない。やがて大きな音がして門が破壊されると、物部の兵が邸内になだれ込んだ。兵の後ろから悠然と姿を現わした守屋は、ゆっくり邸内を見回したあと、家人に守られて立っている馬子に目をやった。

「蘇我の大臣。先ほど申したとおり、大王が仏法を広めることをお禁じになったのじゃ。先の大王の御代にも、そなたの父が広めようとして疫病が流行り、多くの者が死んだ。今また疫病が広まりつつあるのは、そなたが祀っておる仏のせいじゃ。おとなしく仏像を引き渡せばこれで引き揚げる。さもなくばこの仏殿も火を掛けることになるぞ。如何する」

返答に窮していた馬子であったが、やがて観念したように口を開いた。

「仏像は家人に持たせて逃がした」

「嘘を申すな。この屋敷は朝から見張らせておったが、誰も逃げてはおらぬぞ。まだ屋敷の中にあるはずじゃ」

さすがに戦闘に慣れている守屋は抜かりがない。馬子の嘘を見破った。

仏殿に入り込んだ兵たちが出てきて、何も見つからぬと報告をした。

「屋敷の内も探すのじゃ！」

兵たちが屋敷に上り込んであちこちを探し回ったが、なかなか見つかる様子もない。苛立ちながら守屋は軒先を歩き回ったが、ふと隅で小さくなっている二人の子供に目を止めた。剣を手にして近づくと脅すように言った。

「お前たち、仏像がどこへ行ったか見たであろう」

熊のように大柄な守屋が、目の前に立ちはだかって見下ろしたために、二人の少年は怯えて身を硬くした。

「無礼であるぞ。その二人は大兄王様の御子じゃ！」

馬子が叫んだが、守屋は薄笑みを浮かべるだけであった。

「さようか。ならば大王の甥御(おいご)ということじゃな。大王のご命令でな、仏像は引き渡さねばならぬ。どこにあるか教えてはくれぬかのう」

のしかかるほどに二人の上に顔を近づけたために、弟の来目王は兄の後ろへ身を隠した。守屋は厩戸の鼻先にまで顔を近づけて、鋭い目でにらみつけた。

「く、蔵に……」

厩戸はたまらず、つい口走った。

「そうか、蔵か」

守屋が目で指図すると、兵たちが蔵の方へ走って行った。

荒々しい物音と女人の叫び声がしたかと思うと、しばらくして恵便と尼たちが引き出されてきた。恵便は必死に仏像を抱えて守ってはいたが、数人の兵に腕を取られて、とうとう仏像を奪われた。三人の尼たちも持っていた布包みを奪い取られ、兵によって投げ捨てられると、中から様々な仏具が音を立てて散らばった。

「これらは大王の名において処分する。お前たちも人心を惑わした罪がある。追って言い渡すゆえ覚悟しておけ」

守屋は恵便や尼たちに言い置くと、勝ち誇ったように馬子を見た。

「何ぞ言いたいことはあるか、大臣。あまりに勝手な真似をすると、そのうちに蘇我も滅びることになるぞ」

高笑いを残して、守屋は引き揚げて行った。


翌日、恵便は追放になり、三人の尼たちは捕えられて縛られ、人の目にさらされながら海石榴市まで歩かされた。騒ぎを聞いて衆人が集まる中、市へ着いた尼たちは着ていた法衣をはぎとられて、馬屋の柱に縄でつながれた。

「この者たちは異国の神を祀って都人を惑わす行いをした。その罪によって鞭打ちの刑とする」

守屋に命じられた佐伯御室という兵士が、市に集まった群衆に叫んだ。

御室の合図で、兵士たちが三人の尼を鞭で打ち始めた。薄い下衣だけの小さい身体を容赦なく鞭で打つと、次第に血がにじんで衣が紅く染まった。恵善と禅蔵は悲鳴を上げて泣き叫んだが、善信だけは歯を食いしばって声を発しなかった。

人垣の片隅に隠れて、厩戸はこれを見ていた。懸命に痛みと恥辱に耐える善信の顔を、固唾をのんで見つめていた。

（我が口をすべらせたばかりに……）

善信らに対する罪悪感で、足が震えるほどであった。今にも逃げ出したくなる思いであったが、それもできずにただ見守るしかなかった。

鋭い音で鞭が打ち付けられるたびに悲鳴は続いたが、やがてその声も弱々しく聞こえなくなり、意識を失ったのか三人は地面に横たわって身動きもしなくなった。背中から足まで紅く染まった衣も、すでにあちこちが破れて肌もあらわになっている。ようやく御室は鞭を止めさせた。

「今後、仏法を広めようとする者は、このような刑に処する。よう覚えておけ！」

衆人に向かってそう言い放つと、御室は兵たちとともに去って行った。

心配そうに見つめていた群衆も次第に数が少なくなり、あとには横たわったままの三人の尼たちが残された。やがて数名の男女が走り寄って手にしていた衣を尼たちに掛け、縛られていた縄をほどいた。

「幼い尼様をこのような目に遭わせるとは、なんとむごいことを。さあ、早う屋敷にもどりましょう」

善信の実家、司馬氏の家人たちであった。

抱き起こされて善信は薄く目を開いた。歯を食いしばっていたため口の中も切ったのであろう、口の端から赤い血が流れている。

「恵善と禅蔵は……」

「気を失っておりますが息はございます。一緒に屋敷へお連れ申します」

そう言うと家人たちは三人を抱えて立ち上がった。海石榴市の広場を出るときに、善信は物陰に立ち尽くしている人影を見た。厩戸王であった。

血の気の失せた青白い顔で、厩戸は力なく歩み出た。

「す、すまぬことをした……。我が言うたばかりに……」

途切れ途切れではあったが厩戸の言葉は、善信に聞こえたはずである。しかし善信は見つめるばかりで何も言わなかった。それ以上、会話が続かぬのを察した家人は、厩戸に頭を下げると善信を抱えて歩き去った。それに続いて二人の尼も気を失ったまま運ばれた。

力なく揺れる白い腕を、厩戸は呆然と見送るしかなかった。

三

馬子が建てた仏殿と仏塔は物部守屋によって焼かれ、仏像は再び難波の海に捨てられた。二度と拾い上げられぬように、舟で岸より遠く運んで海中に投棄した。

馬子の屋敷内の仏殿は焼かれることはなかったが、封印されて立ち入ることが禁じられた。力を落とした馬子は、また病になって朝廷に出仕できなくなった。

時期を同じくして西国から広がった疫病が、都の人々にも襲いかかった。高熱で全身が焼けるように熱くなり、水を求めて苦しんだあげくに息絶える者が続出した。運良く命を取り留める者もいたが、多くは顔に焼いたような瘡（かさ）が残った。

「仏像を焼いたための災いじゃ」

人々は密かに噂して恐れた。

ついに大王と大連の物部守屋も、この疫病に罹（かか）った。これを聞いて馬子は大王に使いを出して奏上した。

「我の病も重くなり、今となっては仏に頼るほかございませぬ。なにとぞ仏を拝むことをお許しくださいませ」

病床の大王はこの申し出を許した。

「そなたの屋敷だけで仏法を行うならば許そう」

馬子は大いに喜んで屋敷内の仏殿を開き、再び三人の尼を屋敷に住まわせた。そして細々とながら仏殿で経を唱えさせた。

厩戸はまた善信と近くで生活することとなったが、顔を合わせても言葉を交わすことはなかった。善信は固く心を閉ざしたようになり表情を崩すことなく、ただ仏事に専念しているように見えた。

ふた月ほどが経ち、五月になるころには馬子も回復し病床を離れることができた。物部守屋も回復したようで、以前のように兵を従えて馬で朝廷に出仕する姿が見られた。他の豪族たちも死亡した者や、あるいはまだ病床にある者、すでに回復した者などさまざまで、政は停滞したままであった。病の流行する前には、朝鮮半島の任那復興のために使者を送ることを相談していたが、それも頓挫していた。

欽明大王の御代に新羅によって任那は滅ぼされ、すでに二十年が経っている。任那の復興に手を打ちつつ崩御した欽明は、子の敏達にもそれを成し遂げるように言い残していた。

敏達も新羅に詰問使を送るなど努めてはきたが、あれこれと言い逃れる新羅に効果的な手はなく二十年もの歳月が経っている。

「先帝が言い置かれた任那のこと、何としても成し遂げねばならぬ」

まだ病に伏したままの敏達は、弟の大兄王を呼び寄せてそう告げた。

「もしも我が身罷（みまか）るようなことがあれば、そなたが跡を継いで任那の復興を成就させてほしい」

「何を仰せになります。大臣も大連も病から回復して待っております。兄上も早う治してお出ましにならねば」

敏達には押坂彦人大兄王や竹田王など男子はいたが、まだ若かった。この当時は大王になるためにはある程度の年齢に達していることが必要とされ、そのために親から子への継承よりも兄弟間での継承が主とされたようである。

敏達と大兄王は二歳差の異母兄弟である。欽明の十三人の男子のうちで二人は年も近く、また大兄王の同母妹になる炊屋姫（かしきやひめ）を后としていることから親密な間柄でもあった。多くの兄弟の中から大兄王を後継者とすることに異論を言う者はなかった。

「そなたの後に、彦人大兄や竹田を大王とするよう計ろうてくれ」

弱々しい声ながら敏達は思いのこもった視線を、大兄王と少し離れて座っている后の炊屋姫に向けた。

「そのようなご心配は無用でございます。まずは兄上がご快復なさるのが肝心でございますぞ」

　大兄王はそう言って敏達の手を握った。


　病は一進一退を繰り返したが八月十五日、敏達大王は息を引き取った。言い残したように九月には弟の大兄王が即位し、のちに用明と呼ばれる大王になった。このとき四十六歳。

「まさか兄上が、こうも早う身罷るとは。我が大王になるなど思いもよらなんだが」

　殯（もがり）の席で用明は、ため息をつくように妹の炊屋姫につぶやいた。

「兄上もお体には気をつけなさいませ。兄弟も多いゆえ野心を抱く者もおりましょう。長くご存命になって、後は彦人大兄や竹田、あるいは厩戸らに譲位されますように」

　隣に座った炊屋姫が表情を変えずにそう言うのを、用明は驚いたように見つめた。たしかに敏達、用明の兄弟は他に大勢いる。そちらへ大王の座が移れば、後継のこともどうなるか判らなくなる。勝ち気な妹がそれを危ぶんでいることに、用明は初めて気づいた。

「彦人大兄王は二十五は超えたか。あと五年もすれば大王になってもよい年であろう」

「竹田が三十を超えるには、まだ二十年近くかかります」

呑気な用明に腹を立てたように、炊屋姫は鋭く言った。

「なるほど、そうじゃな」

彦人大兄王は敏達の先の后、広姫の子。広姫の死後、后となった炊屋姫の子が竹田王である。炊屋姫は竹田王に大王となってほしいのである。ようやく用明はその本心に気がついた。

「二十年か。それは大変なことじゃな」

「厩戸とて竹田とほぼ同じ年でしょう。大王を継がせるならば二十年はかかりますよ」

炊屋姫は人の良い兄を横目でにらんで、呆れるように嘆息した。

小声で話す二人の後ろで気配がして、炊屋姫が振り向くと大柄な男が座ったところであった。

「殯は何度やっても嫌なものじゃな。この臭いが我慢できぬ。お二人はよう近くで座っておれるな」

用明や炊屋姫の腹違いの兄弟、穴穂部（あなほべ）王である。用明の后の穴穂部間人王の弟に当たる。口のまわりに黒々と伸ばした髭をかき分けるようにして鼻をつまんだ。

すでに九月に入ったとはいえ、まだ気温は高い。殯の宮の中には敏達の遺体から出る屍臭が充満している。

「慎みなさい。先の大王で、そなたにとっても兄なのですよ」

炊屋姫が言うと、穴穂部王は首をかしげて肩をすぼめた。

「たしかに父は同じだが、我らは皆、母が違うゆえ兄弟姉妹とも思わず育ってきたからのう。そうではないか」

後ろから話しかける穴穂部に二人が返事もせずに黙っていると、穴穂部は独り言のように続けた。

「疫病ならば仕方がないわな。死ぬ者もおれば治る者もおる。大兄の兄上も気をつけなされよ。まあ我ら兄弟は多いゆえ、大王になる者は他にもおるがな」

そう言うと周囲にはばかることなく大声で笑った。


父の用明が大王となったことで、厩戸王の境遇にも大きな変化があった。

新たに磐余(いわれ)池の東に池辺双槻宮(いけべのなみつきのみや)と名付けた宮を建て、大王と后はそこへ移った。さらに宮から南へ少し離れた丘の上に小さな別宮を建てたが、厩戸王はここを気に入って住まうことにした。いつからか人はこの宮を上宮(かみつみや)と呼んだ。眼下に磐余池が長く広がり、対岸には天香具山が横たわっている。

「良い眺めですね、兄上」

前庭に立った弟の来目(くめ)王が快活そうに言った。

春の霞がかかっているのか香具山の新緑も、淡くにじんだように見えている。用明の即位から半年ほどが過ぎ、この上宮も完成した。

「おまえもここに住んでも良いぞ。宮では弟たちがうるさかろう」

「まことですか」

厩戸の言葉に驚いたように、来目は嬉しそうな顔で振り返った。

「でも兄上も我もいなくなると、あの二人が寂しがりましょう。我はもう少し宮にいますよ」

「そうか、それもそうじゃな」

厩戸はうなずいた。

厩戸と来目は二つ違いの兄弟で、その下に同じ母から生まれた殖栗(えくり)王、茨田(まんだ)王がいる。宮が完成して母とともに兄弟たちも移り住んでいた。用明にはそのほか馬子の妹石寸名(いしきな)との間に田目(ため)王が、また葛城氏の女との間に当麻(たいま)王、酢香手(すかて)姫という子がいるが、彼らはそれぞれの母の実家で生活している。

「父上が大王になったということは、いずれ兄上も大王になるかもしれませんね」

「どうであろうな。我は別になりたいとは思わぬが」

「でも大王の血筋に生まれた者ならば、誰もが大王になりたいと思っているでしょう」

「来目もそう思うのか」

「それは……。でもまずは兄上ですよ」

日の光を受けて、まぶしそうに来目は笑った。

「いずれにしろ我らはまだ若すぎる。即位するとしても二十年は先のことじゃ」

もしもそれまでに用明大王に何かあれば、用明の兄弟である穴穂部王か泊瀬部王、あるいは敏達の子の彦人大兄王が大王になると思われる。いずれにしろ大王家だけで決めることはできず、物部や蘇我らの後ろ盾が必要であった。

「大王とは言っても力がなければ飾りに過ぎぬ。皆をまとめる力がなければ……」

それは仏法か、と厩戸は思った。しかし武力を誇る豪族たちが、仏法のもとに従順に頭を垂れる日が来るとは思えなかった。

厩戸はふと善信のことを思った。この宮へ移るときも結局、言葉を交わすことなく蘇我の屋敷を出てしまった。

(無事に過ごしているだろうか)

香具山の向こうにいる善信のことを、厩戸は思いやった。

しばらくして用明大王は、自分の後継に彦人大兄王を指名した。

皇太子ということだが、天皇という呼び名もない時代であり、日嗣御子(ひつぎのみこ)と呼ばれたかもしれない。後世のように必ずしも大王の即位とともに日嗣御子も決められたわけではなく、このときの指名も異例なものであった。

「なぜこれほど早く日嗣御子を決めるのだ。しかも彦人大兄王とは順序が違うではないか」

知らせを聞いた穴穂部王は腹を立てて宮へ押しかけ、用明大王に迫った。気の弱い用明は困り果て、つい本音を明かしてしまった。

「我もまだ早いと思うたが、太后（おおきさき）が決めた方が良いと申すのでな。大王家が争わぬようにと先帝の長子を立てたのじゃ」

太后とは先の敏達大王の后、炊屋姫のことである。

「姉上がそのようなことを。我ら弟がおるのに大王の座は譲らぬと言うのか。よう判った。姉上に会って問い質（ただ）そう」

宮を出た穴穂部王は、敏達大王の殯宮（もがりのみや）へ向かった。広瀬の殯宮まではかなりの距離があり、馬でも一刻（いっとき）はかかる。着いた頃には夕暮れになっていた。

五月の午後に馬を走らせて、汗にまみれた穴穂部王は肩で息をしながら馬を下りた。殯宮へ近づくと、警護の男が立ち塞（ふさ）がった。

「ただ今、太后様がお一人でいらっしゃいます。誰も入れてはならぬと命じられております」

敏達大王に仕えた三輪逆（さかう）という者である。大柄な穴穂部王より背は低いが、がっしりとした体格で甲冑を着けて剣も帯びている。

「弟の穴穂部王が来たと申せ。日嗣御子のことで話があるとな」

逆は一旦宮の中へ消えたが、再び戻ってきて、

「ここではそのような話は聞けぬと仰せです。日を改めて後宮のほうへ来るようにと」

と告げた。

「何を言うか。我とて先の大王の弟じゃ。殯宮へ入れぬとは何事か！」

無理に押し入ろうとする穴穂部王を、逆の配下の者たちが取り囲んで槍を構えた。

「おのれ、大王家の者に無礼であろうが！」

「たとえ大王家の方であろうとも、太后様の命には従っていただかねばなりませぬ」

凛とした口調で言う逆に抗うこともできず、歯がみしながら穴穂部王は引き下がった。しかし怒りは収まらず、翌日には早朝に宮へ押しかけ朝議の場で大臣や大連に訴えた。

「我が殯宮へ入ろうとするのを三輪逆が妨げた。兵を使って我に槍を向けたのじゃ。あのような無礼は許すわけにはいかぬ」

床を叩きながら言う穴穂部王を蘇我馬子は見つめていたが、

「殯宮には太后様がおられたとか。いかなる御用で行かれたのか。そのご様子で迫ったのならば太后様の身を案じて、三輪逆が止めるのも判らぬでもないと思われますが」

と言うと、反対側に座っていた物部守屋が珍しく同調した。

「あるいは太后様が襲われると思うたかもしれませんぞ。あれは生真面目な男ゆえ」

「たわけ、我が手を出すと申すか！　姉上はすでに三十も超えておるのじゃぞ」

穴穂部王の言葉に、居並んだ者たちが苦笑した。

「若いうちでのうて、ようございましたな」

守屋が言うと、数名の者が笑い声を上げた。

「笑い事ではない！　我が怒っておるのは日嗣御子のことじゃ。大王は太后の言うがままに彦人大兄王に決めたというが、我らには何の相談もない。これでは承服できるはずもなかろう。大臣や大連は聞いておったのか」

「大王が決められたあとに我らにご相談があったゆえ、よろしいでしょうと申し上げましたが」

馬子が言うと守屋も続けて言った。

「彦人大兄王様もあと五年もすれば大王になるに十分なお年。何の不都合もないと思いますが、穴穂部王様はご不満かな」

「不満に決まっておる。彦人よりも我のほうが年上じゃ。来年には三十になる。大王になるに何の不足があろうか。いや、誰が大王になるということより、日嗣を今決めることはないと言うておるのじゃ。もしも明日にも大王が身罷ったなら、若い彦人を大王にできるのか」

「少々お言葉が過ぎますな。言霊が災いを呼ぶこともございますぞ」

守屋の隣に座っていた中臣勝海が言った。神祇を司る役の勝海だけに、その言には重みがある。一同は静かになった。

「いずれにしろ日嗣の事は大王がお決めになったこと。我らも異存はないゆえ、穴穂部王様にも御承知いただくほかございませぬ」

馬子はそう言うと、大きな目で圧するように穴穂部王を見つめた。仕方なく穴穂部王は引き下がるほかなかった。

それで事態は収まると思われたが数日後、物部守屋が突然に兵を出したために宮の周辺は騒然となった。

「何事じゃ。あれは物部の兵か」

厩戸王の住まう上宮からは、宮と磐余池の岸辺に集まった兵がよく見える。いくつか揺れている赤い旗は物部のものであった。

「はい、大連が三輪逆を捕らえるために兵を出したそうです」

様子を見てきた家人が、そう報告した。

昨年、蘇我の屋敷にいたときに仏殿を壊そうと乱入してきた守屋の恐ろしさは、強く厩戸の記憶に残っている。きっとあのときのような形相で、探し回っているのだろう。

「捕らえられたのか、三輪逆は」

「それがまだ見つからぬようで。三輪山へ逃げたと兵は申しておりました」

「太后をお守りしていたと聞いたが、なんぞ罪を犯したのであろうか」

政のことはまだ十三歳の厩戸には判らない。しかし何か理不尽なことが起こっているのは感じられた。

「父上はご心痛であろうな」

厩戸は宮にいる父を思った。


三輪山へ隠れていた三輪逆は、しばらくして炊屋姫のいる後宮へ出てきたところを捕獲され殺された。

「殺すほどの罪はなかったはずだが」

朝議で蘇我馬子が問い質したが、物部守屋は笑って相手にしなかった。

「穴穂部王様のご命令に従ったまでじゃ。大王家のお指図には大連として否とは言えぬ。そうではございませぬかな」

二人の間で大王は物が言えなかった。

さらに太后の炊屋姫も大王に不満をぶつけた。

「大連がなぜ急に穴穂部王の肩を持つようになったか、兄上はお判りか。穴穂部は次の大王になったなら、大連を取り立てると申したに違いありませぬ。我を守った三輪逆を殺すとは許せぬことです。なにとぞ重いご処分を」

「そうは言うても我が弟と大連を罰するとなれば大騒ぎとなろう。后も承知せぬ」

用明大王の后である穴穂部間人は、穴穂部王の同腹の姉である。しきりに角髪(みずら)の下の耳を掻(か)きながら用明は渋面を作った。

「このままでは日嗣御子の彦人大兄も危ういかもしれませぬ。身辺に気をつけるように申しておかねば」

当てにならぬ兄をあきらめて、炊屋姫は自ら手を打とうと決意した。


数日後の日暮れ、ひそかに蘇我馬子を後宮へ呼び寄せた。

「このたびの穴穂部王の所業は許すことができませぬ。処断すべきと思うが蘇我大臣はいかがお考えか」

明かりの揺れる薄暗い部屋の中で、二人は向かい合った。このような時刻に呼び出されたために、尋常な要件ではないと馬子も理解していた。

「三輪逆を殺すよう大連に命じたこと、確かに行き過ぎかと存じます。先の大王からも御信任の篤かった者ゆえ、炊屋姫様をお守りしようという一心だったのでございましょう」

「日嗣御子に彦人大兄王を立てたことを穴穂部は怒っておる。それは己が大王になりたいからじゃ。力のある大連を引き込んで、この先ますます強引になるに違いない」

金の髪飾りが明かりの火を反射して光っていたが、その光に負けぬほど炊屋姫の目が鋭く馬子を見つめた。

「大連に対抗できるのは大臣しかおらぬ。そなたは我らに味方してくれるか」

その言葉をすでに馬子は予想していた。

「無論我らは大王様に仕える者にございます。大王様のご意向であればそれに従いまする。大王様が決めた日嗣御子を大連が承服せぬとなれば、力で承服させるほかございませぬ。ただ物部の武力は諸豪族の中でも抜きん出ております。大王家と蘇我だけでは危うい戦いになりましょう。他の豪族もこちらに引き入れるよう手配りしてからでなければ戦はできませぬ」

「なるほど、別に急ぐことはない。手配りが整うてから事を起こせばよい。全てそなたの才覚に任せましょう」

炊屋姫は安堵したように口元に笑みを浮かべた。

「物部を倒したならば、蘇我が諸豪族を束ねることになるでしょう。よろしゅう頼みますよ」

「ははっ」と馬子は頭を下げたが、思いついたように言った。

「一つ伺（うかが）いたいことがございます」

「なんです」

「太后様は、彦人大兄王様が日嗣御子でよろしいのでございますか。ご本心は」

馬子の問いに、再び炊屋姫の視線が鋭くなった。しばし沈黙が続いたあと、

「さすがに大臣は気が回るようですね。だが今は言わぬほうが良いでしょう。目先の災いを除いてからのことです」

と言ったあと、また笑みを浮かべた。


この年の七月、用明大王の娘である酢香手姫（すかてひめ）が斎宮（いつきのみや）として伊勢へ下向することとなった。伊勢斎宮は垂仁大王が娘の倭姫に命じて、天照大神を伊勢の地へ祀ったことが起源とされ、その後もたびたび大王の娘が大神に奉仕するために伊勢へ赴いた。欽明大王のときには用明の妹が、また敏達大王のときには彦人大兄王の妹が派遣されたが、どちらも王族に犯される不祥事があって短期間で解任されている。

用明は即位のときに、まだ少女の酢香手姫を斎宮とすることを決め、一年間は池辺双槻宮（いけべのなみつきのみや）の内に建てた仮宮で身を清めさせた。その期間が終わり伊勢へと旅立つことになったのである。

別れを惜しむために身内だけで集まって、ささやかな宴が催された。

用明大王と后の穴穂部間人王、そしてその子の厩戸王、来目王、殖栗王、茨田王。さらに用明の嬪で酢香手姫の母である葛城広子とその子の当麻王。同じく嬪の蘇我石寸名と子の田目王である。

「我が子のうち娘は酢香手姫だけじゃ。そなたには伊勢の御神に仕える大任を果たしてもらわねばならぬ。承知してくれるな」

まだ十歳を超えたばかりの娘に、言い聞かせるように用明は優しく声をかけた。

「承知しております、父上。大神に仕える斎宮のお役目、嬉しゅうございます」

どのように母や周囲の者に教えられたのか、酢香手姫はこの役目を喜んでいるようであった。

傍らで見ている厩戸には、幼い妹が痛々しく思われた。都と違って伊勢では不自由な暮らしが待っていることは、世間を知らぬ厩戸にも想像できた。

「身体に気をつけて行って参れ。困ったことがあれば遠慮なく、都の我らへ文を書くが良い」

厩戸もそう言って声をかけた。

「はい、兄上たちも御達者で。ときには伊勢へお出でくださいませ」

汚れのない笑顔で酢香手姫は兄たちを見回した。厩戸にはその顔が、ふと善信に重なった。

（二人とも神や仏に仕えて生きようとしている。斎宮と尼と形は違うが己を捨て、身を捧げる

ことは同じであろう。そのような生き方が自分にはできるだろうか）

そんなことを考えていると用明が息子たちに語りかけた。

「先王の王子、彦人大兄王を日嗣御子に立てたこと、そなたらには得心がいかぬかもしれぬ。されどこれは先王が死に際に言い残されたことなのじゃ。その上で我に大王をお譲りになった。それゆえ我も約束を果たさねばならぬ」

用明は純朴そうに言うと、皆を見回した。

「我も己が大王になるとは思いもよらなんだが、王家のために力を尽くしてきたゆえ、このようなことになった。いずれそなたらも大王の座に就く機会が来るやもしれぬ。そのときに皆に賛同してもらえるよう、日頃から身を正しておくことが肝要じゃ。よいな」

用明の言葉に王子たちは静かにうなずいた。

「されど皆が皆、大王になりたいと思うわけでもないでしょう。豪族たちの狭間（はざま）で気を遣って、身も心も疲れ果てて大変な務めでございますよ。斎宮と似たようなもので我が身を捨てる覚悟がないと」

后の穴穂部間人王が扇を揺らしながら、何気なくそう言った。用明の日頃の苦労を見ているために、ついそのような言葉になったのであろう。笑みを浮かべつつ王子らを見やった。

「どうですか、あなたたち。父上のように大王になりたいと思いますか」

后の視線が王子たちの上を一巡した。そのとき口を開いたのは来目王であった。

「我は大王になってみとうございます。豪族たちを従えて、倭の国を大きく栄えさせたいと思います」

快活に答える来目王を、用明は嬉しそうに見つめた。

「それは頼もしい。いずれそのようなときが来るかもしれぬ。ただ体だけは気をつけねばならぬぞ。病や怪我で大任を果たせぬようでは悔しいからのう」

厩戸は口を開くこともなくその会話を聞いていたが、同じように黙している田目王を横目で見た。

田目王は厩戸より数歳年上で、ここに集まった王子の中では最年長であった。母が蘇我氏の出であるために大王になることはないと思われていたが、用明が大王になったことで前例ができた。用明の母の堅塩媛と、田目王の母の石寸名はどちらも蘇我稲目の娘であった。

厩戸とその弟たちにしても父方の祖母は堅塩媛、母方の祖母は小姉君で、どちらも稲目の娘である。蘇我氏が力をつけることで、彼らが大王になる道も開けてきたところだが、古くからの豪族の中にはそれを好ましく思わぬ者も多くいた。

「我ら兄弟から大王になるとすれば、まず兄上でしょう」

座がほどけてから厩戸は田目王に話しかけた。田目王は驚いたような顔で厩戸を見たが、はにかんだような顔をして小さく笑った。

「我などは許されぬであろう。別になりたいとも思わぬが。厩戸はどうじゃ」

「我もなりたいとは思いませぬ。父上が苦労されておいでになるのを見ると、政から離れて静かに暮らすほうが我には似合うておるように思います」

「そうじゃな。来目のようになりたい者がなれば良い。それが許されればだが」

田目王はそう言って、弟たちと語らう来目王を見つめた。

「それにしても、そなたら兄弟は仲が良さそうで羨(うらや)ましい。我は兄弟がおらぬゆえ」

「何を言われます。母は違えど我らは皆兄弟でしょう」

「そうかな。我が母など」

田目王は振り向いて、部屋の隅に遠慮がちに立つ母の石寸名を見た。王族の中で気後(きおく)れするのであろう。同じ嬪でも如才なく振る舞う葛城広子とは格が違うように見えた。年齢的にも王子たちの母親の中では一番年上である。

「そなたの母は四人も子を産んだのちも、いまだ美しいままじゃな。兄弟が明るいのもあの華やかさのおかげかもしれぬ」

「そうでしょうか。何も考えておらぬように思いますが」

厩戸は弟たちと笑っている母の様子を眺めた。田目王も同じように見つめていたが、やがて

視線をそらすと、

「母が疲れた様子じゃ。先に失礼しよう」

そう言って田目王は、母親を連れて退出していった。

四

翌年の四月二日、磐余の河上で大嘗祭をおこなった用明大王は、宮に帰ったあと発熱して床に伏した。

翌朝に知らせを聞いた厩戸王は、上宮から駆けつけて見舞った。病床の用明は熱にうなされながらも、厩戸に気遣いを見せた。

「近づくと病がうつる。誰も来ぬように言うてくれ」

「判りました。何か我にできることはございませぬか」

用明はうつろな目で少し考えたが、声をひそめて言った。

「病が治るように御仏（みほとけ）に祈ってくれるか」

大王が仏に頼っていると知れたなら、また物部らが異を唱えるに違いない。

「ただちに祈りまする。ご安心くだされ。すぐに病も治りましょう」

そう言うと厩戸は父の手を固く握りしめた。

父の前から退出すると、ちょうど参内した蘇我馬子と出会った。馬子も驚いて大王のもとへ急ぐところであった。

「病がうつるゆえ、誰も側へ寄らぬようにと仰せであった。それと御仏に回復を祈るよう頼まれたので、石川の屋敷で祈願したいと思うが」

「判りました。ただちに使いを出しましょう」

「いや、我もこれから行って一緒に御仏に祈りたいのじゃ」

いつもの厩戸とは違う力強さに馬子は少し驚いたものの、父親が倒れて気が高ぶっているのだろうと解釈した。

「承知しました。また大連に知れると騒動になりますので、くれぐれもご用心を」

馬子は小声でそう告げた。

厩戸は宮を出ると馬を飛ばして蘇我の石川屋敷へと向かった。磐余池の岸を回って、上宮と対岸の方角である。何がこのように自分を突き動かしているのか、厩戸には明らかであった。

父の病を治したいという思いは当然であったが、久しぶりに善信に会えることが大きな喜びであった。多少の後ろめたさは感じつつも、それを振り飛ばすかのように厩戸は馬を走らせた。

飛鳥川にかかる橋を渡るころには石川の屋敷が見えてきた。額を流れる汗が目に入るのを拭いながら、厩戸は門前まで駆けつけて大声で叫んだ。

「厩戸じゃ、大王の使いで参った！」

声を聞いて驚いた馬子の家人が、慌てて門を開いた。馬上のまま門をくぐると、軒先まで進んで馬を下りた。

「これは厩戸王様、いかがなされました。大臣様は宮へ行かれておりますが」

「知っておる。病に伏しておられる大王が、快復を御仏に祈願するよう命じられた。大臣にも許しはもらっておるゆえ案ずるな。善信はおるか」

「はい、これに」

その声に振り向くと、仏殿の前に立っている善信を見た。一年ほど会わないままであったために背も伸びて、ずいぶんと大人になったように見えた。白布の下の顔も細く面長になり、別人を見るようでもあった。

「久しぶりじゃな。達者か」

胸の鼓動を抑えるようにして、厩戸は言葉少なに尋ねた。

「はい、達者にしております。厩戸王様もお元気そうで」

切れ長の目を伏せて、善信は軽く頭を下げた。

「大王様が病に伏しておられるのですか。ただちに祈願の読経をいたしましょう」

「我もいっしょに祈りたいと思うが、よいか」

「ようございます。すぐに支度を調えますので、しばしお待ちを」

善信はそう言うと法衣の裾をひるがえして、仏殿に入っていった。やがて禅蔵が現われて、用意ができたことを告げた。

厩戸が仏殿に入ると、以前と同様の金色の仏像が蓮台の上で鎮座していた。与えられた麻の敷物の上に座って仏を見上げると、いつか感じたような清々としたものが身体の内によみがえる気がした。

「それでは始めまする」

善信が仏像の正面に、恵善と禅蔵が左右の両脇に向き合って座った。静かな声で善信が経を読み出すと、他の二人も続いて唱和した。三人の尼の美しい声は波のように重なり、あるいは離れて、厩戸は夢の中へ引き込まれるような錯覚を感じた。以前にも彼女らの読経を聞いたはずであったが、このような感覚になったことはない。厩戸が離れている間に修行を重ねて、経を読む発声なり言い回しなりを工夫したのであろう。見事なものであった。善信の背中を見つめつつ、厩戸は父の病気のことも忘れるほどに聞き入っていた。

どれくらい続いたであろう、永遠に流れる時のようでもあり、一睡の間のようでもあった。

気がつけば読経の声はやんでいた。厩戸が目を開けると、背中を見せていた善信がこちらへ向き直っていた。

「ひとまず、これまでにいたしましょう。また時をおいてお勤めいたしまする」

「そうか、よろしゅう頼む」

善信が両脇の二人に軽く頭を下げると、二人の尼も頭を下げて立ち上がり仏殿を出て行った。

「見事な読経であった」

二人の消えたあとを見つめたまま厩戸は言った。

「ありがとうございまする。少しはお聞かせできる経になりましたでしょうか」

「十分じゃ。あれから精進したのだな」

「三人で日々務めておりますので、気息も合うてくるのでしょう。表向きを繕うことはたやすうございますが、肝心なのは正しく仏道を進んでおるのかどうか。今は学ぶべき師もおりませんので、一心に経を読むほかございませぬ」

「そうか、それは不安であろうな」

善信らの師であった恵便は、都から追放されたまま戻ってはいなかった。

「導師となる者がいないか、我も探してみよう」

「ありがとうございまする」

明日も訪れる約束をして、厩戸は蘇我の屋敷を出た。


そのころ宮では大王の病を聞いた者たちが、次々と見舞いに訪れていた。

大王自身が近づくことを禁じたため、ほとんどの者は部屋の外から様子をうかがうのみであったが、穴穂部王は強引に入り込んで大王に直接声をかけた。

「穴穂部が参りましたぞ、兄上。ご容態はいかがでございますか」

その声に用明は薄く目を開けた。

「寄ると病がうつるぞ。来てはならぬと申したはずじゃ」

「何を仰せになる。この穴穂部は病など恐れませぬ。兄上には早う回復していただかねば。何ぞ欲しいものはございませぬか」

仕方がないというように用明は少し呆れた笑みを浮かべたが、思いついてこう言った。

「欲しいものはないが一つだけ頼みがある。先年に禁じた仏法を、やはり我は信じたいと思うのじゃ。信じて病が治るならばこれほど喜ばしいことはない。我だけでなく病に苦しむ民も救われよう。なんとか反対する者を説き伏せて仏法を認めさせてくれぬか」

弱々しい用明の言葉に穴穂部は思わず心を動かされて、兄の手を取った。

「判りました。兄上の願いとならば、この穴穂部が皆を説き伏せましょう」

鼻息も荒く朝堂へ戻った穴穂部は、そこにいた物部守屋や中臣勝海らに言った。

「大王の、たっての願いじゃ。仏法を信じることを認めてほしい。もしそれで大王の病が治るのなら良いではないか。何を拒むことがあるのじゃ」

もともと穴穂部は仏法について何のこだわりもない。豪族たちにしても正面から反対しているのは神祇をつかさどる中臣氏くらいのもので、ほかの物部らは蘇我への対抗意識で反対しているのが実情である。興奮して居丈高な穴穂部に皆は臆して黙ったが、我慢できずに中臣勝海が口を開いた。

「今さら何を仰せじゃ。すでに仏法は認めぬと決めたはず。国つ神（くにつかみ）の怒りが病を流行らせておるのです」

「ならばそれを鎮めるのが中臣の役目ではないのか。いつまでこの病は続くのだ」

勝海は言い返せず、顔を赤くして黙った。

「もう良い。我は大王と約束をしたのじゃ。仏法の力で大王の病を治すとな」

出て行こうとする穴穂部に、蘇我馬子が声をかけた。

「どうなさるおつもりですか」

「誰ぞ経を唱えられる者を連れてくる。河内あたりに法師がおると聞いたことがある。その者を呼んでくる」

そう言い残して穴穂部は出て行った。

「やれやれ、困ったお人じゃな。深い考えもなしに動かれては、皆で決めたことが無になる」

守屋がそう言って座を立とうとしたが、馬子がそれを押しとどめるように言った。

「病に苦しんでおられる大王の願いを許さぬと言われるのか。大王がご快癒されることが最も肝心なはず。神でも仏でもすがることが出来れば手を尽くすのが我らの役目。そうではないですか」

守屋や勝海は苦々しげに馬子をにらんだ。ほかの者は両者をうかがうように視線を走らせている。やがて守屋が言った。

「我らが何を言おうと穴穂部様は思ったようになされるはず。止めようもなかろう」

そう言うと立ち上がりつつ勝海の肩を叩いた。

宮から退出した守屋は、中臣勝海を屋敷に招いて今後のことを相談した。

「もしも大王が身罷るようなことがあれば、我は穴穂部様を次の大王に立てようと思う。日嗣御子は彦人大兄王様だが、いささか若すぎる。まさか大王もこれほど早うにとは思うておらなんだであろう。ほかの者たちも穴穂部様で納得するはずじゃ」

守屋はそう言ったが、勝海は承服できぬというような渋面である。酒を勧めながら守屋は続けた。

「なあに、先ほどは仏法を認めるように言われたが、あれは大王の信を得るための方便じゃ。ご自分が大王になればまた心を変えられよう。我らがそう説き伏せれば良い。蘇我を廃して我らが大臣、大連になることはすでに決まっておる」

「しかしあのご性分では、我らの言うことを聞くかどうか怪しいぞ」

「そのときはまた別の大王を立てるまでじゃ。穴穂部王様の弟、泊瀬部王様なら年も不足はない」

「そなた、恐ろしいことを」

眉をひそめる勝海をよそに、守屋は鼻で笑いながら酒を飲み干した。

「あの兄弟は母親が馬子の姉ではあるが、気性が荒いゆえ馬子の思うようにはならぬようじゃ。我らが支えて大王にすれば、蘇我と切り離すこともできよう。邪魔者がおるとすれば日嗣御子の彦人大兄王じゃ。馬子は太后と親密ゆえ、大王の言を守って年若でも大王にすると言うかもしれぬ」

「蘇我の助力で大王になれば、馬子はますます増長して仏法を広めようとするであろうな」

「この際、彦人大兄王には消えてもらったほうが良い」

「殺すのか」

勝海が鋭い視線を走らせた。

「判らぬように、それができれば良いがな」

守屋も意味ありげな視線を勝海に向けた。

「直に殺めるわけにはいかぬが、密かに呪うことはできるぞ。我が調伏して命を縮めてみよう」

「真に効くのか、そなたの調伏は」

「国つ神が御力をお貸し下されるなら叶うはずじゃ」

「それならばもう一人、竹田王も頼もうか。太后の子ゆえ、いずれ我らとは相容れぬことになろうでな」

「判った。やってみよう」

意を決したように勝海も杯を空けた。


数日後、穴穂部王は河内で見つけた豊国法師という者を宮へ連れてきた。

小太りなその僧は、初めて足を踏み入れた宮の内に恐縮して、落ち着かぬ様子であった。

「大王、河内より法師を連れて参りましたぞ。早速に経を挙げさせますゆえお聞きくだされ」

そういって穴穂部王がせき立てて、豊国法師を大王の足元近くに座らせた。

手を震わせながら経典など仏具をいくつか並べると、豊国法師は観念したように経を唱え出した。しかし緊張からか声もかすれがちで、聞き慣れぬ者の耳にもあまり上手な経とは響かなかった。大王の病を治すようにと言われたために、それが出来なかったときの咎(とが)めを恐れていたのかもしれない。

知らせを聞いて駆けつけた厩戸王も柱の陰に控えていたが、経だけでなくその法師の所作などを見て、深く仏道に励んだ者にはとても思えず落胆した。良い法師ならば善信たちの師として迎えたいと思っていたのである。

やがて経を唱えていた声が止まり、経文を閉じると、法師は両手をこすり合わせて頭を下げた。

「これで御仏の御加護がございましょう」

眠ったように聞いていた穴穂部王は目を開いた。

「終わったのか。なかなか見事な経であったぞ。いかがでございますか、大王。少しはお加減は良うなりましたか」

穴穂部王は伏したままの用明をのぞき込んだ。用明は薄く目を開くと、

「よう聞かせてくれた。今日はもう良いゆえ、褒美(ほうび)を取らせて帰らせよ」

と言った。

「大王様がお喜びじゃ。褒美を取らせるゆえ下がって待っておれ」

穴穂部王はそう言って豊国法師を下がらせた。

「そなたも下がれ。少し眠りたい」

「我もですか、承知いたしました。ではまた後ほど」

穴穂部王が姿を消すのを見届けてから、用明は柱の陰にいた厩戸を手招きした。

「あまり近づかぬように」

そう言ってから用明は小声で告げた。

「もしも我が身罷ったなら、穴穂部王が大王になると言い出すに違いない。大連あたりもそれを後押しするかもしれぬ。そのときに彦人大兄王の身が危ういことになる。彦人の身を守るよう大臣に伝えてくれ」

痘痕(あばた)の出た顔で、用明は厩戸を見つめた。

「承知いたしました」

厩戸は父の顔を見て、胸がつぶれるほど悲しかった。本当に父が死ぬかもしれないと初めて思い至ったのである。

「そなたも用心を怠るでないぞ。何が起こるか判らぬ。母や弟たちを守ってくれ」

「はい」

今にも泣き出しそうな厩戸を見て、用明は安心させるように小さく笑った。

「あのような経を聞かされては、易々(やすやす)と身罷ることもできぬがの」

つられて厩戸も笑みを浮かべた。

「石川の屋敷で、連日ご快癒を願う読経を続けています。きっと病も消えてなくなります」

「そうか、それはありがたい」

用明は目を閉じたがもう一度開いて厩戸を見た。

「先ほどのこと、早う大臣にな。もう行くがよい」

それが最後に聞いた父の言葉になった。

厩戸は宮の内にいた馬子に、密かに大王の言葉を伝えた。

「たしかに穴穂部王様のご様子は尋常ではございませぬな。大連と結んで彦人大兄王様を殺めようとするやもしれませぬ。ただちに警護の者を手配いたしましょう」

馬子はそう言うと、一人の男を呼んだ。

「そなた、蘇我の者を使って彦人大兄王様をお守りせよ。穴穂部王様と物部守屋、それに中臣勝海の動きも見張るのじゃ」

途見赤檮(とみのいちい)というその者は渡来系の東漢氏(やまとのあやうじ)で、蘇我氏に仕えている。

「承知しました」

言葉少なに言って、すぐに姿を消した。

「何としても大王様にはご快復していただかねば。善信たちも御仏に祈願しておりますが、あの者たちだけでは力不足かもしれませぬ」

「まだ修行途中の身ゆえ、仕方がないであろう。一日も早く確かな先達(せんだつ)に師事して、受戒したいと申しておった」

「そうですな。本日のような法師も世間では増えているようですから、何とかせねばとは思いますが。それよりもまず大王様のことが先決です」

そう言うと馬子は朝堂のほうへ戻っていった。


翌日、途見赤檮は馬子に報告をした。

「昨夜、中臣勝海の屋敷をさぐりましたところ、勝海は祭壇に彦人大兄王様と竹田王様の人型を並べて、何やら怪しげな祈祷をしておりました。あれはたぶん呪詛(じゅそ)ではないかと」

「なにっ、呪詛だと。お命を縮めようとしているのか」

「おそらく」

馬子は驚きと怒りで目を大きく見開いた。

「向こうがその気なら、こちらも刃（やいば）を用いねばなるまい。その人型にはお二人の名前が書かれておるのか」

「はい、間違いございませぬ」

渡来氏族の多くは文字の読み書きもできる。

「では呪詛の証としてその人型を盗んで参れ。くれぐれも手抜かりのないようにな」

「承知いたしました。今晩にも早速」

その晩、中臣屋敷に再び入り込んだ赤檮は人型を盗み出し、その足で馬子に届けた。朝になって人型が消えたことに気づいた中臣勝海は大いに狼狽した。

「どうなっておる。何者かが持ち去ったというのか」

人型だけが消えたところを見ると、ただの物取りではない。

「おそらく彦人大兄王が感づいて、配下の者を忍び込ませたに違いない」

焦（あせ）った勝海は、何とか取り繕（つくろ）う手はないかと考えた。

「あの人型だけでは何の祈禱をしていたかは判らぬ。日嗣御子の御無事を祈願したと言えば良い。まずは人型を取り戻さねば」

そう考えた勝海は彦人大兄王の屋敷を訪れた。ところが当然のことながら彦人大兄王は、何のことだか判らぬという顔で対面した。

「人型とは何のことじゃ。我は何も知らぬが」

三十歳にいくつか満たない彦人大兄王は、父親の敏達大王に似て鷹揚な性格で、用明大王が病床にあっても慌てる様子もない。

「日嗣御子様の御健康を祈願しておりましたところ、その人型が昨夜のうちに消えまして、あるいは彦人大兄王様のもとへ戻っていったのかと」

「そのようなことがあるのか。初めて聞いたぞ」

「祈祷が成就した証かもしれませぬ」

「いずれにしろ当家には来ておらぬようじゃ」

勝海は事がこじれたときには彦人大兄王を刺すつもりで小刀を隠し持っていたが、その機会もなく屋敷を辞することになった。

(人型を持ち去ったのは彦人大兄王ではなさそうだが、それでは誰であろう)

馬上で揺られつつ勝海は考えた。嫌な汗が体中から噴き出して気分が悪い。四月とはいえ雨が近いのか、やけに蒸し暑い一日であった。竹藪の横を通ると、周囲が日陰になって一瞬視界が暗くなった。

そのとき竹藪から数人の人影が出てきたと思った瞬間、腰のあたりに激痛が走った。振り返ると黒い布で顔を隠した男が、背後から勝海の体に剣を突き立てている。二人いた従者もほかの者に斬りつけられて倒れた。

「おのれ、誰の仕業じゃ！」

勝海は声を振り絞ったが、剣を抜こうとしたところを再び肩口を斬りつけられた。握りしめていた手綱が手から離れて、勝海の体は地面に落ちた。襲った男は無言のまま近づいて、もう一度勝海の胸を剣で突くと、仲間に目で合図して死体を藪の中へと引きずり込んだ。


朝堂では集まった諸臣たちに、馬子が人型を見せていた。

「これなる人型に書かれた文字は、中臣勝海のものであるのは調べにより間違いのないこと。彦人大兄王様と竹田王様を呪詛し、お命を縮めようとしていたのは明らかである」

そこまで言ってから馬子は、向かい合って座っている物部守屋を見つめた。

「これは日嗣御子である彦人大兄王様を殺めて、別の者を大王にせんとする企てに違いない。中臣勝海だけの仕業とも思えず、ほかに同じ企みの者がおるはず。そうではないかな、大連」

「何を言うか。我が企んだとでも言いたげな顔だが、どこにそのような証がある。勝海が一人でやったことに違いなかろう」

自分に集まる諸臣らの視線をものともせず、落ち着き払って守屋は答えた。

「良かろう。勝海を捕まえて問い質せばすべて明らかになるはずじゃ。そのときは言い逃れはできぬ。彦人大兄王様に代わって大王になろうとした者も厳しく罰することになる」

「ところでその人型は、どうやって大臣の手に入ったのじゃ。盗みにでも入らせたのではないのか」

守屋は思わぬ反撃に出た。諸臣の目が今度は馬子に集まった。

「これは中臣の屋敷の者が届け出たのじゃ。大王家を呪詛する企みを見逃せなかったのであろう」

馬子は内心の動揺を抑えつつ、そう言ってごまかした。

「中臣の家人が、わざわざ主家を危うくするとは思えぬ。蘇我の手の者を入り込ませておったのではないか。まあよい、それで勝海はどこへ行ったのじゃ」

「屋敷にはおらぬらしいから、露見を恐れて逃げたのであろう。探させておるゆえ、いずれ見つかるはずじゃ」

緊迫した空気の中、やがて守屋が長いため息をついて立ち上がった。

「どれ、我も人を出して勝海を探すとしよう。ここにおっても仕方がないでな」

皆の視線を気にすることもなく、ゆっくりとした大股で守屋は出て行った。

一刻ほどが経ち、日が中天近くになったころ、大殿のほうから女人の泣き声が聞こえてきた。

馬子らが駆けつけると横たわった大王の周辺で、后の穴穂部間人王たちが身を伏せて泣き崩れていた。

「大王は今、崩御されました」

穴穂部間人がそう告げると、馬子たちは皆その場に座って平伏した。

やがて知らせを聞いた厩戸王や来目王ら、さらに太后の炊屋姫も宮へ集まった。

「父上！」

厩戸は大王の身体に取り付こうとしたが、母の穴穂部間人に止められた。

「いけませぬ。病が移るかもしれぬゆえ」

来目王たち弟も遺体に近づかぬよう、それでも顔を見たくて首を伸ばしてのぞき込んだ。厩戸王は年少の殖栗(えくり)王と茨田(まんだ)王の肩を両腕で抱き止めた。

「これほど早う身罷るとは。大王になられて二年にもならぬというに」

炊屋姫がいたわるように言うと、穴穂部間人が再び泣き崩れた。

「あとのことは大臣にお任せしましょう。よろしゅう頼みますよ」

そう言って馬子のほうを振り返り、炊屋姫は意味深げにうなずいた。

五

崩御した用明大王の殯（もがり）の支度が進む中、馬子は途見赤檮（とみのいちい）から意外な報告を受けた。物部守屋が兵を率いて河内へ向かったという。

「河内にある物部の別邸に移ったようです。事が露見して捕らわれると思ったのでしょう」

「さすがに動きが速いな。しかし都から離れたのは好都合じゃ。罪を認めたものとして諸臣らをまとめやすくなる」

「中臣勝海を殺害したのも物部の仕業にしてはいかがかと。口封じに殺したと言えば筋は通りましょう」

「なるほど、そなた、知恵が回るな」

大きな目で馬子は赤檮を見て、口元をゆがめた。

馬子は宮に集まった諸臣に、守屋が勝海を殺して河内へ逃げたと告げた。

「次なる大王を穴穂部王にするため、彦人大兄王様と竹田王様を呪詛した罪は明らかとなった。

このようなことは大連であろうと許すわけにはいかぬ。我ら皆の力を合わせて物部を成敗する。すみやかに兵の準備を整えていただきたい。我らの兵の多さを見せつけたなら、物部も戦う気が失せるであろう」

葛城、大伴、平群、阿倍、巨勢、紀、春日といった氏族たちは、これまで蘇我と物部の対立から距離を置いて成り行きを見ていたが、もはやそれも出来なくなった。

「物部を討つのは良いとして、次の大王はどうするのじゃ。彦人大兄王様では、いささか年若すぎるであろう」

年長の葛城烏那羅が口を挟んだ。

「それについては太后様、后様とも相談してみましょう。此度のことに関わった穴穂部王は大王にはできませぬ」

馬子がそう断言すると、皆は互いに視線を走らせた。

「当然のことながら大王家からも兵をお出しいただく。皆も違背することの無いように」

そこまで言うと、馬子は威圧するように一同を見回した。

大王の崩御から十日ほどして、厩戸王は蘇我の石川屋敷を訪れた。

善信に会うのに躊躇があったが、読経の礼を言わねばならぬと心を奮い起こした。

「殯の支度などがあって、なかなかこちらへ来られなんだ。連日に渡って経を挙げてくれたこと、深く礼を申す。父も安んじて身罷ることができたであろう」

厩戸はそう言って頭を下げた。

「いいえ、大王様が御快癒になりませなんだのは、我らの力不足と痛感いたしております。お詫びの申し上げようもございませぬ」

善信は思い詰めたような顔で、深く頭を下げた。

「我が父と兄が臨終の前日にお見舞いに上がったとき、大王様のために出家して寺と仏をお造りいたしますと兄が申し上げると、大王様は声を上げて泣かれたそうにございます。そのご様子が痛ましかったと申しておりました。とても我らの読経で御心が安らいだとは思えませぬ」

「効があったかどうかは大王様の御心の内のこと。他の者には判らぬであろう。今となってはもう良いではないか」

その言葉に善信は強く反発した。

「良いはずがありましょうや。病気の快癒のための我らの読経が、いささかも役に立たなんだのは明白でございましょう。やはり真(まこと)の師のもとで学んで受戒せねばならぬのです」

怒りなのか疲労なのか善信の顔が青白く見え、鋭い視線が厩戸を刺すように捉(とら)えた。

「私は決めました。百済へ渡って仏法を一から学び、受戒の法も体得したいと思っております。

このこと、大臣様に願い出るつもりです」

「なにっ、百済へ渡るのか」

厩戸はたじろいだ。百済、新羅、高句麗との行き来は盛んになっては来たが、それでもしばしば船が難破し、死者も出ている。まして女人が渡航することなど一層危険である。

「そこまでせずとも仏法の師を招いて、こちらで学べば良いではないか」

「いえ、私は仏法が本当に正しいのかどうか、今も心の奥底で疑い続けているのです。その疑いを消し去るためにも強い導きが必要なのです。幾人かの高僧に出会って教えを受けたならば、きっとその迷いも消えると思うのです」

いつの間にか拳を握りしめて、善信は涙を流していた。全身全霊で経を唱えても役立たなかったことが、よほど悔しかったのだろう。

「判った。我からも大臣に頼んでみよう。ただ、あまり思い詰めぬ方が良いぞ。人はいつか死ぬものであろう」

厩戸の言葉に、善信はふっと笑った。

「そのような気休めを……。相変わらずですね、厩戸王様は」

「相変わらずとは、どう変わらずじゃ」

「辛(つら)いものからお逃げなさる」

胸を貫くような善信の言葉に、厩戸は一言も言い返せなかった。物部守屋の威圧に負けて、善信らの居場所を口にしたあの苦い記憶が蘇った。

「つい御無礼を申しました。お許しください」

善信は静かに頭を下げて詫びた。言い返す言葉もなく、善信の肩口に揺れる黒髪を、厩戸は見つめるばかりであった。

そのころ穴穂部王は屋敷にこもったままで、苛立ちも極限に達していた。

用明大王の崩御を聞いて、すぐにでも宮へ駆けつけようとしたが、守屋からの使者に押し留められていたのである。

「大臣が我を捕らえようとしていると言うが、我に何の罪があろう。中臣勝海の呪詛など知らぬことじゃ。一味のように言われても迷惑至極。こうなったら宮へ出向いて真（まこと）のところを申すまでじゃ。早うせんと次の大王が決まってしまう」

屋敷を出ようとするところへ宅部（やかべ）王が訪れた。宣化大王の息子で、年の近い穴穂部王とも付き合いがある。これから大王の殯へ行くという。

「良いところへ来てくれた。何やら我を罪人のように言う者がおるらしいでな。やましいところなどないと一緒に申してくれ」

「承知した。そなたが謀り事など考えるはずもない」

訳も判らぬまま宅部王は調子を合わせて、二人で殯の場へと向かった。

用明大王の殯は、宮から少し離れた磐余池のほとりで行われていた。白い幕で囲われた中へ入ると、座っていた人々の目が一斉に穴穂部王に向けられた。気にせず二人は最前列に進み、空いていた場所にあぐらをかいて座った。

すでに最前列には后の穴穂部間人や、太后の炊屋姫、日嗣御子の彦人大兄王が座っている。その後ろには竹田王や厩戸王、それに穴穂部王の弟の泊瀬部王らがいた。なめるように皆を見てから穴穂部王は祭壇に目を向けた。ちょうど蘇我馬子が 誄 を終えようとしていた。

「よう出て来ましたね。どこぞへ逃げたかと思いましたが」

炊屋姫が意味ありげな目で、穴穂部王につぶやいた。

「兄である大王の殯に、弟の我が出ぬわけにはいかぬでしょう。逃げる理由もない」

小声で話すつもりが次第に感情が高ぶり、最後は皆に聞こえるほどになった。祭壇に向いていた馬子が振り返り、ゆっくりと立ち上がった。

「穴穂部王様にはお尋ねしたいことがございます。宮のほうへお越しいただけますか」

「いや、ここで聞いてもらおう。我は何もやましいことはない。何一つ隠すことはないぞ」

穴穂部王も立ち上がって、周囲の者たちを見回しながら叫んだ。

「大連や中臣勝海とともに日嗣御子を呪詛し、次なる大王にならんとしたこと、知らぬと申されますか」

「そのようなこと、あるはずがない。あったとしても我は知らぬ。大連や中臣が勝手にやったことじゃ」

「穴穂部王様が御賛同なさらねば、彼らもそのような大事をしでかさぬでしょう。それとも大王になるつもりはないと言われますか」

「そ、それはまた他の話じゃ。兄上が身罷った今、この若い彦人大兄王が大王になって良いのか。どうじゃ、皆々」

穴穂部王は殯宮の中の一同を見回して賛同を得ようとしたが、誰も応ずる声を上げない。しばしの沈黙の後、立ち上がったのは宅部王だった。

「たしかに彦人大兄王では若すぎよう。いくら何でも前例のない若さゆえ、大神の怒りに触れるやもしれぬぞ。ここはもう一度、日嗣御子を選び直してはどうであろう」

緊張感に耐えきれなくなっていた一同の中には、宅部王の仲裁案にうなずく者もいた。押し切るかどうか馬子は迷ったが、ここであまり強引に事を運ぶのも得策ではないと判断した。

「判りました。いずれ大連を問い詰めて、このことは明らかにいたしましょう。次の大王のことはその後ということで」

馬子は眼前の炊屋姫に同意を求めた。

「良いでしょう」

炊屋姫はそう答えて小さくため息をついた。


物部守屋は穴穂部王を河内に呼んで、ともに挙兵しようと画策したが、穴穂部王はそれには応じず大和に留まったままであった。逃げれば己から罪を認めることになると考えたのである。

「まったく何を考えておるのじゃ。いつ馬子が攻め込んで来るかもしれぬというに」

河内の別業で守屋は苛立っていた。馬子に従う者が次第に多くなっていると知らせが届いていた。

「馬子の力だけではなかろう。後ろに炊屋姫がおるに違いない。中臣勝海を殺したように、再び強引なやり方をせんとも限らぬ」

守屋の予感は正しかった。

ひと月ほど経った六月七日の夜、蘇我馬子は炊屋姫の命として、穴穂部王の屋敷を攻めた。佐伯、土師(はじ)らの兵を使って屋敷を包囲すると、楼の上に現われた穴穂部王に矢を射かけた。

「おのれ、王族の我に弓引くとは。誰の差し金じゃ！」

「太后炊屋姫様の命により穴穂部王を誅伐いたす。日嗣御子を呪詛し大王の座を狙わんとした咎である！」

甲冑を身につけた馬子は大声で馬上から叫ぶと、兵たちに屋敷内への突入を命じた。肩に矢を受けた穴穂部王は屋敷内に逃げ込んだが、乱入した兵がこれを斬り殺した。兵はそのまま宅部王の屋敷へ向かい、翌朝には宅部王も命を落とすことになった。


「ようやく片がつきましたね」

馬子が後宮へ報告に参上すると、炊屋姫は絹の扇を揺らしながら微笑んだ。

「太后様の御力があってこそでございまする。我一人の独断では皆が動きませぬ」

「そうでしょうね。傍若無人とはいえ穴穂部は亡き大王の弟。私にとっても弟に当たります。誅伐するとなると皆、尻込みするでしょう」

「残るは物部守屋ですが、このところ守屋は思うように動かぬ穴穂部王よりも、弟の泊瀬部王に誘いをかけておる様子。あるいは次の大王に担ぎ出すかもしれませぬ」

「たしか泊瀬部は穴穂部の一つ下。年齢は十分ですね」

「御気質も穴穂部王ほどには激しくはございませぬ。これを守屋が担ぐとなると、諸臣の中には賛同する者も出てくるかもしれませぬ」

三十歳に満たない彦人大兄王と比べると、たしかに大王になる上での障害は少ない。母親が蘇我氏であることが劣る点ではあるが、用明大王も母親が蘇我氏でありながら即位したため前例はある。

「やむを得ぬ。万が一のときは泊瀬部を大王として、彦人大兄が十分な歳になるまでの間をつなぐことも考えねばなりませんね」

「たしかに、それならば諸臣の多くは納得するでしょう」

「では泊瀬部と手を結ぶ前に、大連を討たねば」

炊屋姫と馬子は目を合わせたまま黙った。


そのころ厩戸王は発熱し寝込んでいた。

数日前に殯の場で、西国の者たちが踊りを献上したが、その翌日から体調に異変があった。

「どうやらあの西国の者たちの中に、病にかかっている者がいたようです。参列した諸臣の中にも発熱する者が出ております」

上宮へ見舞いに訪れた馬子が、厩戸王にそう報告した。

「そうか。これ以上に広がらぬよう用心してくれ」

床に伏したまま厩戸は荒い息で言った。

「また石川の屋敷で、ご病気快癒の読経を唱えさせましょう」

「それは、どうであろうな」

「どう、とは」

馬子が尋ねると、厩戸は天井を見つめたまま言った。

「先の大王のご病気の折に、善信らも我も懸命に祈ったが何の効もなかった。善信は真の仏法を学び受戒を受けねば、いくら唱えても効のある読経にはならぬと言う。そのために百済へ渡って高僧に教えを乞いたいと申していた」

「それは我も聞きました。たしかに今のように形だけ仏像を置き、経を読むやり方では真の仏法を得ることはできぬかもしれませぬ。いずれ彼の国の高僧を招くか、あるいはこちらから学びに行くか。機会があれば善信の願いも叶えてやりたいとは思っておりまする」

「それは善信も喜ぶことであろう」

厩戸は安心したように笑みを浮かべた。

「それはさておき厩戸王様には、病を治していただくことが肝要にございます。次の大王様にはお年が若すぎますが、いずれはお立ちになることもございましょう。大王家がつつがなく続きますように、一族の方々にはご健勝で居ていただかねばなりませぬ」

「次の大王には、やはり彦人大兄王様がお即きになるのか」

「それはまだ決まっておりませぬが、お年が若いゆえ、あるいは泊瀬部王様になるかもしれませぬ」

「そうか、泊瀬部王様がおられたな」

天井を見つめたままであった厩戸が、ゆっくりと馬子に視線を向けた。

「あまり世を騒がすことのないように」

熱のためか虚ろではあったが、馬子には鋭い視線のように感じた。

七月に入り、馬子は兵を挙げた。炊屋姫の命により王族たちも軍勢に加わったが、万が一を考えて彦人大兄王は宮で待機した。また病に伏したままの厩戸王も戦に出ることはなかった。

泊瀬部王のほか敏達大王の子の難波王と春日王、それに炊屋姫の子の竹田王が王族の兵を率いた。竹田王は厩戸より数歳年上で、まだ十代の後半であるが、炊屋姫はあえて参戦させた。

諸臣の軍勢は蘇我のほか葛城、巨勢、紀、大伴、阿倍、春日、平群など、物部以外のすべての都の豪族が従った。一万近い軍勢が二上山の南を通る丹比道(たじひみち)から、河内の渋河にある物部の屋敷へ向かった。

この知らせを聞いても守屋はひるむことはなかった。

「馬子の号令で寄せ集めただけの軍勢じゃ。数は多くとも戦い慣れた我が軍に敵(かな)うはずがない。突き崩したなら散り散りになって逃げていこう」

不敵に笑みを浮かべて、弟の若子や息子の忍人に出撃の準備をさせた。

「ここに居っては取り囲まれる。餌香川まで進んで迎え撃つのじゃ！」

戦い巧者の守屋は、さすがに戦術に長けている。相手が峠道を抜けて河内平野へ出たところで討とうというのである。大軍の場合、長い隊列になって峠道を抜けるために一度には集結できない。そこを狙えば人数の少ない物部側にも十分勝機はある。

ただちに物部勢は渋河を出発し大和川を越えると、餌香川に沿って南下した。このころには馬子の軍勢は竹内峠を進んでいると知らせが入った。

「峠を抜けた広瀬あたりで待ち伏せしよう」

餌香川というのは、今の石川と呼ばれる川で、南河内の和泉山脈から北へ流れ出て、大和川へ合流している。その西岸に広瀬はあり、峠道を抜けた対岸に位置する。川岸に樹木が茂って、軍勢を隠すにはちょうど良い場所である。このところの干天続きで餌香川の水量も少なく、徒歩でも十分に渡れる。

蘇我馬子が率いる朝廷軍が峠道を抜けて河内へ出たころには、日も傾き始めていた。

「渋河へ着くのは夕刻か。夜襲になるやもしれぬ」

馬子が紀男麻呂と話していると、突然に前方の兵が騒ぎ出した。

「襲撃にございます！　川向こうから矢が！」

見ると川岸の茂みから矢が飛んでくるようである。西に傾いた日のために逆光で、どこに敵がいるのかよく見えない。ただ暗い茂みの陰から無数の矢が飛んできて、すでに多くの兵が倒れてうめいている。

「引け！　山際まで退却じゃ！」

馬子はそう指示を出したが、矢に追われた兵たちは我先にと逃げて、さらに峠道を降りてくる兵とぶつかって混乱を極めた。守屋の兵はそれを追うように川を渡って攻めかけた。突然に現われた兵は背に物部の赤い旗を差して、大声と共に襲いかかった。少ない兵ではあったが、逃げる者には大軍が押し寄せるように感じるものである。

「逃げてはならぬ。持ちこたえよ！」

馬子は後方の諸臣に命じたが、誰もが浮き足立って兵を抑えることができない。そのとき一人の若者が馬上で立ち上がって剣をかざした。

「うろたえるな！　敵は小勢じゃ！　よく見よ！」

若者の甲高い声はよく響いて、兵たちは我に返った。振り向くと川を渡ってきた敵は、日の当たる場所に出たために姿がよく見える。こちらに比べれば、さほど多い数ではないと一目で判った。

「押し返せ！」

若者がそう指示すると、気を取り直した兵が槍を構えて敵に向かって進み出した。

「あれは竹田王様か」

馬子はその若者を遠くから見つめた。

両軍は川を挟んで押し引きを繰り返したが、朝廷軍が川を渡ろうとすると対岸の茂みから矢が射かけられて進めない。よく見ると後方の高い樹木の上で指揮をしている者がいる。身につけた甲冑が背後からの日差しを受けて、ときどき鋭い光を放っている。

「あの木に登っているのは誰じゃ」

馬子は側にいた途見赤檮(とみのいちい)に聞いた。

「あのきらびやかな甲冑は、おそらく大連でございましょう」

「やはりそうか。そなた、矢で仕留めることはできるか」

「川を渡るほどに近づけば、おそらく届くかと」

赤檮はそう答えると弓を携えて、兵たちの中へと姿を消した。馬子が目を凝らして見ていると、やがて視界の端で川中を進む者がいる。赤檮が正面を避けて、側面へ回り込んだのである。小さな茂みに身を隠しながら、なんとか対岸へ渡った。赤檮はそこで倒れていた物部の兵から赤い旗を奪うと、背に差して物部の兵に化けた。

「なるほど、知恵が回るやつじゃ」

見つめる馬子が、そうつぶやいた。

赤檮は戦う振りをしながらも次第に守屋の登っている大木に近づいて、矢を射るのに良い場所を見つけた。小さな茂みの陰で守屋からは死角になっている。弓に矢をつがえ引き絞ると、守屋に向けて放った。

樹上の守屋の動きが一瞬止まったかと思うと、やがて静かに地面に落下した。

「仕留めたか！」

周辺にいた物部の兵が慌てる様子が見え、その混乱は前線へと広がった。

「物部守屋を討ち取ったぞ！　押し出せ！」

馬子の声が響くと勢いづいた朝廷軍が川を渡った。動揺した物部勢は支え切れずに崩れ始めた。

敗走する物部軍を追って、朝廷軍は渋河まで押し寄せた。渋河の物部屋敷は捕鳥部万（ととりべのよろず）という家臣が百人ほどで守っていたが、守屋が討ち死にしたと聞いて夜闇にまぎれて逃走した。後日、ひそんでいた山から出て来たところを囲まれ、万は激しく抵抗したものの最後は自ら首を刺して果てた。

「無事に終わりましたか」

「はい、すべて手筈（てはず）どおり片付きました」

宮では馬子が炊屋姫に戦の報告をしていた。

「守屋の所領は、朝廷に味方した者たちで分けようと思います。それで彼らも不満はないでしょう」

「蘇我が独り占めしては不満が出ますからね」

「物部の屋敷跡には寺を建ててやろうと思います。それでもう仏法の振興に異を言う者もなくなるはず」

「意地の悪いことを」

「守屋の魂を慰めることにもなりましょう」

二人は声を上げて笑った。

「ところで肝心の大王は、どうするつもりですか」

「そのことでございますが、やはりここは一旦、泊瀬部王様を立てて、数年ののちに彦人大兄王、あるいは他の王を即位させるのがよろしいかと」

馬子が大きな目を意味ありげに見開いた。

「他の王とは、誰のことです」

「此度（こたび）の戦では、危うく崩れかけた我が軍を押しとどめたのは竹田王様でございました。あれがなければ、あるいは我らが負けていたかもしれませぬ。若いながら勇敢な振る舞いは皆の心に刻まれたことでしょう。いずれ竹田王様を大王にいただくことは誰も反対せぬでしょう」

「彦人を大王にせぬということですか」

「いえ、まだこの先何があるか判らぬゆえ、どうするとは申せませぬが、彦人様を大王にすれば年の近い竹田王様には大王の座は回って来ぬかもしれませぬぞ」

炊屋姫は何も言わず、じっと馬子の顔を見つめていたが、やがて口を開いた。

「判りました。とりあえずは泊瀬部を大王としましょう。諸事まかせます」

「ははっ」

馬子も満足げな顔で頭を下げた。


翌月に泊瀬部王が即位し、のちに崇峻と呼ばれる大王となった。それまでの池辺双槻宮(いけべのなみつきのみや)から東へ離れた倉梯(くらはし)の地に宮を建てることになった。

厩戸王はようやく病から回復し、通常の生活が送れるようになっていた。

「ようございましたな。父上と同じように兄上まで身罷るのではないかと心配しました」

上宮へ見舞いに来た来目王が笑顔で言った。

「我も死ぬかもしれぬと思った。心の内で経を唱えていたが、それで救われたのかもしれぬ」

「仏法の力ですか。父上のときは効がなかったと聞きましたが」

「何が良かったのかは判らぬが」

厩戸は両手で顔を撫でた。あちこちに熱のあとの瘡蓋(かさぶた)が出来ている。

「触らぬ方が良いですよ。無理に取ると跡がひどくなります」

来目王は気の毒そうに眉を寄せた。厩戸も鏡で顔を見たときには呆然としたが、どうしようもない。この病から回復した者の多くは、こうした跡が残っている。

「そなたは物部との戦に出かけたのか」

「いえ、我も行きたかったのですが、母上に止められました。崩れそうになった味方を竹田王様が勇ましく押し止めたと都中の噂になっています。我も行っておればそれくらいのことはできましたものを」

活発な来目王は、よほど悔しいらしい。思い出したようにいきり立つ様子が可笑しかった。

「まだ子供のそなたでは邪魔になるだけであろう。竹田王様は我より二つほど年上だが、そのようなお働きをされたのじゃな」

「それで次の日嗣御子になられるのではと言う者もおるそうです」

「泊瀬部王様が大王になり、日嗣御子は以前のとおり彦人大兄王様ではないのか」

「ただの噂です。されど宮に留まっていた彦人様より、戦に出て功を成した竹田王様のほうが大王にふさわしいと人が言うのも当然でしょう」

厩戸はそうは思わなかったが、反論はせずに立ち上がって縁先まで出た。眼下に磐余の池が広がっている。

（そういえば善信は百済へ行きたいと言っていたが、どうなったのだろうか）

対岸の石川の方角を眺めながら、厩戸はふと思った。

物部守屋と中臣勝海が滅んで、仏法の導入に反対する者はいなくなった。この先は蘇我馬子が信仰を広めることにますます力を入れるだろう。善信が言うように本当の仏の教えを、この国でも学ぶことが必要になってくる。

（我も善信とともに、真の仏法を学んでみようか）

厩戸の心に、ふとそんな想いが去来した。

「何をお考えです、兄上」

来目が背後から声をかけた。我に帰った厩戸は、振り返って笑みを見せた。

「父上が亡くなって、もはや我らも政から遠ざかることになろう。我は仏法を広めることに力を尽くしてみようかと思うてな」

突然のことに来目は目を丸くした。

「いきなり何を。我らとてこの先、日嗣御子になるかもしれませぬ。泊瀬部王様や彦人大兄王様に何かあれば、次は我らの世代へ回ってくるでしょう」

「縁起でもないことを申すな」

弟をたしなめてから、補うように厩戸は言った。

「人には向き不向きがある。我はあの朝廷の中に入って、群臣らを動かそうとは思わぬのじゃ。来目が政をやりたいと思えば励めばよい。竹田王様のように勇ましく功を上げたなら、日嗣御子に推す者も出てくるかもしれぬぞ」

「そうですね」

来目は明るい表情でうなずいた。


国記を読みふけっていた藤原不比等は、やや疲れを感じて顔を上げた。

気がつけば日も高く昇り、正午に近くなったようである。大納言の席から見ると、宮人たちはそれぞれの机で各々の仕事をしている。天皇の行幸に従って不在の者もいるためか、通常よりは人がまばらに感じる。

不比等はもう一度、国記に目を落とした。

（これでは何の模範にもならぬ。物部との戦に厩戸王も加わって、優れた手柄を上げた方が良

いであろう。竹田王ではなく、厩戸王が功を上げたことにすれば）

しばらく考えたあと、木簡を取り出して不比等は文字を記した。

『朝廷の軍が危うくなったとき、厩戸王は白膠木(ぬりで)の木で四天王の像を彫り、それに願をかけた。この戦に勝つことがあれば、必ず四天王の寺を建てると約束をした。大臣の馬子も同じように寺を建てることを約束した。これにより物部の軍は、たちまちに崩れた。』

書き付けた文字を読み返し、静かに筆を置いた。

「これで良かろう」

脳裏に天武天皇の顔が浮かんだが、不比等は振り払うように首を振ると、再び国記を読み始めた。

六

崇峻大王の元年、百済からの使者とともに、大勢の僧や、寺を建築する匠(たくみ)らが来日した。

この前年に馬子が、百済の使いに善信の願いを伝えたところ、使いは帰国して王に奏上してからと答えていた。百済の威徳王はそれを許すとともに、仏法を盛んにするために仏舎利を送り、僧らを派遣したのである。

馬子は大いに喜んで、飛鳥の地に新たな寺を建てることにした。仏法が興るようにとの願いを込めて、名を法興寺とした。このころはまだ宮が置かれたこともない飛鳥であったが、大きな寺院の建設が始まり、にわかに人々の注目を集めるようになった。

周辺の山々から太い材木が集められ、また屋根を葺く瓦も職工らによって焼かれ始めた。仏画を描く画工も蘇我の屋敷で習作を始めるなど、新たな時代が到来したような活気が都に生まれた。

その喧噪の最中、善信は帰国する百済の使いに同行して、百済へと渡っていった。旅立つ前に厩戸王は善信を訪ねたが、抱いていた願望が叶って善信は喜びに溢れた表情をしていた。厩戸にはそれが淋しく思え、交わす言葉も少ないままに別れてしまった。手の届かない空の彼方へ、善信が舞い上がって消えてしまうような気がした。

何も手に着かない日々が続いたあと、五月の中頃になって厩戸は法興寺の様子を見ようと思い立ち飛鳥を訪れた。

まだ突き固められた地面に、いくつかの礎石が並べられただけであったが、それでもその壮大さは想像できた。ちょうど蘇我馬子が匠たちと打ち合わせをしているところだった。

「これは厩戸王様、ようお出でくだされた」

そう言うと、傍らに立っている匠らを紹介した。

「この二人が寺造りの匠の太良未太と文賈古子です。こちらは先の大王の御子の厩戸王様でな。仏法にもお詳しい方じゃ」

百済人の二人は、うやうやしく頭を下げた。

「いや、とても詳しいなどと。倭の言葉は判るのか」

「多少なら通じまする。元々、根は同じところから生じた言葉ですから、聞き慣れたならば次第に」

蘇我氏は新来の渡来人と多く関わるために、馬子自身も多少の外語は理解できる。

「どんな寺ができるのか」

「はい、中心に塔を建て、仏舎利を納めます。その塔を囲むように三つの金堂を建てまする」

厩戸の問いに、太良未太は手振りを交えて答えた。

「さらにその外側には、僧たちが学ぶための講堂も建てるつもりです。そこで新たな僧たちを育てて他の地へも仏法を広めまする」

馬子が遠大な計画を語った。

「ここが仏法の興（おこ）りの地になるわけじゃな」

「その通りにございます」

厩戸の言葉に馬子は嬉しそうにうなずいた。すでに仏舎利とともに渡来した数名の僧たちは、蘇我の屋敷などで仏法を教える準備をしている。

「善信は危険を冒して百済へ渡って行ったが、国の内で学ぶことができれば皆も喜ぶであろう」

「この寺ができましたら、すぐにでも僧になりたい者たちを集めて講義を始めまする。よろしければ厩戸王様もお越しくだされ。いや、決して僧になれということではございませぬが」

そう言って馬子は笑ったが、ふと思いついたように、

「このような折に申すのも失礼かもしれませぬが」

と話し出した。

「厩戸王様も十五歳になられて、そろそろ女人を側にお置きになってもよろしい頃かと。我に刀自古郎女（とじこのいらつめ）という娘がおりまして、年は厩戸王様の三つ上になりますが、嬪（ひん）として身の回りのお世話をさせていただくわけにはまいりませぬか」

突然の話で厩戸は驚いて馬子を見つめた。

「そなたの娘を嬪にするのか。いや、何も不服があるわけではないが、突然のことで」

「それはもっともなこと。一度お考えになってからご返事いただければ結構でございます。御父上もそうでしたが、后お一人ではなく他の王族や豪族からも妻を迎えておられました。これは大王家が皆をまとめるためにも必要なことにございます。我が娘だけでなく、この先も王族や豪族と縁を結んでいかねばなりませぬ。その手始めとお考えいただければ」

「承知した。一度、母上にも相談してから返事をさせてもらおう」

厩戸王はそう告げて、馬子の前を立ち去った。

飛鳥から上宮へ戻った厩戸王は、思い立ってそのまま母の住む池辺双槻宮へ向かった。

用明大王が死去したあと、崇峻大王の宮は新たに倉梯に造られたが、先の后である穴穂部間人王や、その子たちは池辺双槻宮に住んでいた。当然のことながら宮人の姿はなく、数少ない従者がいるだけである。

用明は一年半ほど大王の座にあっただけで、そのため宮もまだ古びてはいない。その人気のない建物の新しさが、また一層寂しさを感じさせる。馬を従者に預けたあと、厩戸は閑散とした宮の内を見渡してから殿内に入った。

「よう来てくれましたね。近くにおるのに顔も見せず、元気でいるのかと心配していましたよ」

母の穴穂部間人は内殿の板戸をすべて開け放ち、薄い単衣の着物で椅子に座ってくつろいでいた。侍女たちが縁先で、たくさんの花を壺に活けている。

「今、池のあたりの花を摘んできたので活けているところです。上宮のあたりも咲いているでしょう」

「はい、菖蒲の青い花がきれいに咲いています。持ってくれば良かったですね」

「どうせすぐに枯れてしまいますよ。この花も明日には萎れてしまうでしょう」

穴穂部間人はそう言うと、薄い笑みを浮かべた。足を組み直したはずみで薄い着物の裾が割れて、長く白い足が現われた。思わず厩戸は、その足の美しさに目を奪われた。

「どうしたのです。突然に来たのは何か用があったのでしょう」

裾を直しながら母は尋ねた。戸惑いつつも厩戸は先ほどの嬪の話をした。

「それは良い話ではないですか。三つ年上というのが多少気にはなりますが、大臣が縁を結びたいというのなら拒むこともないでしょう。我が弟は大臣に討たれましたけれど、物部に乗せられて大王の座に就こうとしたのは浅はかというもの。私は恨みには思うておりませぬ。蘇我と縁をつないでおけば、あなたも先々に得るものがあるやもしれませんよ」

「嬪というのは幾人も持つことができるものですか」

「妃は一人と決めねばなりませんが、嬪ならば一人に限ることはありません。もしや誰ぞ気にかかる女人がおるのですか」

「いえ、そんなことは」

言葉を濁した厩戸に意味ありげな視線を向けつつも、母はそれ以上の追究はやめた。

「いずれあなたにも妃を考えねばなりませんね。良い相手がおらぬか探しておきましょう。竹田王はすでに大王の娘の錦代王を妃にしたそうですよ。炊屋姫様は抜け目なく手をお打ちになる」

かすかな対抗心を匂わせながら、穴穂部間人は扇を揺らした。

「あなたも病にだけは用心しなさい。それくらいの痘痕で済んで良かったですよ。父上のように大王になった途端に死んでは、あとに残る者は天から突き落とされたようで、何も手にできませぬ。侘しいこの宮が残っただけです」

母の顔が険しくなったのを見て、厩戸は目を屋外に向けて言った。

「来目たちはどこへ行きましたか。おらぬようですね」

「弟たちに馬の乗り方を教えると言って、朝から出かけたままです。もっと学問をしなさいと言うのですけれど、今度、戦が起これば自分も先頭で指揮をするのだと言って」

「竹田王が皆に賞賛されたのを羨んでおりましたから、励んでいるのでしょう。そのうち熱も冷めますよ」

「そうだといいのですけど。あなたの学問は進んでいるのですか」

「今は尚書を読んでいます。なかなか進みませんが」

「誰ぞ導いてくれる師がおればよいですね。大臣のもとにはおらぬのですか」

「百済から来た僧たちが、近いうちに仏典の教授を始めるようです。行ってみようと思っておりますが」

「仏典を学んで、何か役に立つのですか」

穴穂部間人には仏の教えの価値が判らない。興味がないといった風情で、右手に顎を乗せて物憂げな表情をした。すでに会話に飽きて眠気を感じ始めたようである。

「役に立つか立たぬか、まずは学んでみなければ判らぬでしょう」

そう厩戸は答えたが、母は目を閉じて反応がない。うたた寝を始めた母の姿を見つめ直し、厩戸は美しいと思った。


その後しばらくして馬子の娘、刀自古郎女（とじこのいらつめ）が上宮へやってきた。

古代は男が妻の家へ通う妻問い婚が一般的と言うが、すべてがそうであったとは言い切れない。たとえば大王は、そうそう女人に会うために出歩くわけにはいかなかったであろうし、また貧しい者は一家で一間のような暮らしで、とても男が密かに忍び込むことはできなかったであろう。それを考えると妻問い婚の形態は、限られた身分や条件の場合のみ可能で、ほかは夫婦が同居するということも結構多かったのではなかろうか。

厩戸王の場合は、蘇我の屋敷へ忍んで行くことは可能であったが、あえて馬子は娘を上宮へ送り込んだ。

「身の回りのお世話をさせていただくのに、お側におらぬでは役に立ちませぬ。良きようにお使いくだされ。入り用の物は全て当方からお届けいたしまする」

馬子はそう言うと娘の調度品に加えて、とりあえず米俵を三俵運び入れた。

「これが娘の刀自古にございます。病などしたこともなく丈夫に育ちましたので、きっとお役に立つことでしょう」

そう言って紹介された娘は、残念なことにあまり美しい顔立ちではなかった。面長すぎると厩戸は心の内で思ったが、もはや断るわけにはいかない。

「よろしゅう頼む」

と短く挨拶をした。

炊屋姫と蘇我馬子が、彦人大兄王を大王とするまでの中継ぎとして擁立した崇峻大王であったが、次第に政への意欲を示すようになった。

多武峰（とうのみね）への登り口の傾斜地に出来た倉梯宮（くらはし）は、それまで歴代の大王が宮を置いた桜井の地を見下ろすように建てられている。桜井周辺の豪族の屋敷からも距離を置いて、崇峻大王の独自性を形にしたような宮であった。

「新羅に奪われた任那の回復を、最期まで父上は気に掛けておられた。跡を継いだ兄二人もそれを成し遂げられないまま身罷ってしまった。我はそれを成さねばならぬ」

崇峻大王は、后の父である大伴糠手子（ぬかでこ）を相手に思いを語った。

新羅は任那を滅ぼしたのちも何度か使者を派遣し、倭国へ貢ぎ物を献上してきたが、任那については言を左右して返還に応じる気配はない。武力で奪い返すしかないと崇峻は出兵を考えていた。

「泊瀬部王様こそ年来の悲願を成し遂げられる御方でございましょう。我が大伴も、父の金村が任那の四県を百済に譲ったとして、任那滅亡の一因を成したと責められました。その汚名をそそぐためにも任那復興には一族を挙げて力を尽くす所存にございまする」

「それは心強い。あとは蘇我の大臣が本気になるかどうかだが、他の豪族らを説き伏せて新羅討伐の機運を作れば大臣も拒めぬはずじゃ。事が成ったときには、再び大伴を大連に戻すこともできよう」

「ありがたきお言葉。必ずや任那復興を成し遂げましょうぞ」

崇峻帝二年の七月には、国情把握のために東山道、東海道、北陸道へ使者を派遣した。出兵には主に西国の民を徴収するつもりであったが、武器や食料は東国からも供出させなければならない。そのための下準備であった。

「どうやら大王は本気で新羅を討とうとお考えのようです。兄の穴穂部王の陰に隠れて目立ちませんでしたが、弟も同じく気性の荒いところがあるのかもしれませぬ」

蘇我馬子は後宮で炊屋姫にそう報告した。

「任那が復興できるなら、それは良いことに違いありませんが、大臣はできるとお考えですか」

「どうでしょうな。百済が味方してくれるならば、任那の地から新羅兵を追い払うことはできるかもしれませぬ。ただその後、任那を保持していくためには、それなりの兵力を留めておく必要があります。それはかなりの負担になりましょう」

「それで大臣は出兵に賛同しますか、それとも」

炊屋姫は探るような視線を投げかけた。

「今、百済より仏法の導入を進めておるところで、戦でそれが停滞するのは困りますな。戦の形勢によっては百済との間が難しくなるやもしれませぬし、百済王も高齢で大きな戦は好まぬのでは。いささか時期が悪うございます」

「今の大王があまりに大功を成すと、次の大王もその息子の蜂子王へ譲る流れになるかもしれません。それが一番困ることです」

「なるほど、そこまでは考え及びませんでした」

馬子は感心したように大きな目で炊屋姫を見つめた。

「このほど大王の娘、錦代(にしきて)王を竹田王の妃にして縁を固めましたが、それで十分とは言えぬでしょう。さらに大王をこちらの思うように動かす方法を考えないと」

「されば我が娘を大王の嬪に入れても良うございます。大王の動きを探ることもできましょう」

「大臣と縁を深めることも良いでしょうね。手づるは多い方が好都合というもの」

炊屋姫が賛意を示したことで、馬子は密かに安堵した。大王家と広く縁を結んでおくことは蘇我にとって悪いことではない。

「そういえば厩戸王にも娘を縁づかせたそうですね」

「はい。あの御方は仏法への関心が強いようで、ゆくゆくは仏法を広めていく役を担うていただこうかと考えております。そのための縁結びでございます」

「ほう、おとなしい物静かなあの子に、そのような大役が務まりますか」

「先王が亡くなる直前には御仏に祈るのだと、我が屋敷へ馬を走らせて幾日も経を唱えておられたようです。また先日も法興寺の工事を見にお出ででした」

「そのような関心があるのですね。兄上の御子たちは大王になることもなさそうですから、他の道を見出すのも良いかもしれません。それにしても大臣は抜け目がない」

そう言うと炊屋姫は、絹の扇で笑みを隠した。

「いえ、実を申せば竹田王様の嬪にしていただこうと思いましたところ、竹田王様がお断りになられたゆえ、やむなく厩戸王様に嫁がせたのでございます。どうもお気に召さなかったようで」

「それはお気の毒でした。あの子は、はっきりと物を言いますからね。厩戸王は気に入ったのですか」

「いきなりに上宮へ入れましたので断ることも出来なんだでしょう。この先の暮らしが立つように十分お支えすると申しましたので」

「なるほど。されど竹田も支えていただかねば困りますよ」

「それはもう当然のこと」

馬子は意味ありげに頭を下げた。

年が明けて崇峻帝三年目の正月、倉梯宮で諸臣らを集めて年賀を祝ったあと、大王は王族の主立った者たちを小殿に招いた。大勢が集まる主殿と比べて、奥にある小殿は大王の生活空間でもあり、普段は限られた者しか立ち入ることのできない場所であった。

日嗣御子の彦人大兄王をはじめ、崇峻の息子の蜂子王、さらには難波王、春日王、大派王、桜井王のほか、若い竹田王、厩戸王らも顔をそろえた。

「このように王族の皆々が健勝でいるのは喜ばしい限りである。これも我らの先祖の御霊がお守りくださるゆえのことであろう。そこでかねてからの宿願である任那の復興を、ここに図ろうと思う。知ってのとおり代々に渡り任那復興に手を尽くしてきたが、もはや兵を送って奪い返すほか道はない。幸い、疫病も治まり民は落ち着いて、機は満ちている。今こそ兵を起こし任那を取り戻そうと思うが、皆はどう思うか」

大王は、いくらか頬を紅潮させて一同を見回した。

誰も声を発しない中、最初に口を開いたのは年長の難波王であった。

「それは良いご決断です。すでに任那が新羅に滅ぼされて三十年近くなります。これ以上に時が経てば、もはやかの地の民も任那のことを忘れて、生まれながらの新羅や百済の民となってしまうでしょう。新羅には礼を尽くして返還を求めて参りましたが、無礼にも真興王に返す様子は全くございませぬ」

続いて弟の春日王も口を開いた。

「真興王は任那だけでなく高句麗や百済にも攻め込み、領土を奪っておるとのこと。我らが新羅を攻めたならば、両国も領土を取り返そうと兵を挙げるでしょう。その手配りも必要かと思いまする」

「なるほど、それは良い考えじゃ。三国から攻められたなら新羅も降伏するに違いない」

大王が満足そうにうなずくと、他の王族たちも賛同するというように笑みを見せた。

そのとき一同の熱を冷ますように発言したのは、大王の側にいた彦人大兄王である。

「お待ちください。任那が戻るのは良いように思えますが、はたして本当にそれは必要でしょうか。現に今、任那の分の朝貢は新羅が届けています。確かに以前より少なくなってはいますが、戦に勝ったとして我らが兵を留めて守り続けるのは容易なことではありませぬ。長い目で見れば、かの地のことはかの地の者に任せて、我らは労せず利を得ることのほうが得策ではございませぬか。得る物と失う物の両方を考えることが肝要かと思いまするが」

間延びしたような鷹揚(おうよう)な口調ながら、彦人大兄王の言うことは一理あるところだった。側にいた日嗣御子に反対された大王は、明らかに驚きと怒りの様子で顔を赤くした。普段あまり政に口を出したことのない彦人大兄王が、このように明確に反対するとは思いも寄らぬことであった。

「日嗣御子がそのように申すとは意外なことじゃ。よかろう。もう少し話を聞いてみねばなるまい。本日はこれまでとしよう」

大王は気持ちの乱れを押さえながら、その場を取り繕った。

不穏な空気のまま散会したあと、隣に座っていた竹田王が厩戸に小声で話しかけた。

「我は新羅へ攻め入っても良いと思うが、そなたはどうじゃ」

竹田王は戦いを厭(いと)う様子もなく、目を輝かせて笑みを浮かべている。先の物部守屋との戦いで名を上げて、自信をつけたのであろう。

「我は、どうでしょう……。戦になれば、また多くの者が命を失うことに」

「それは戦だから仕方がない。兵は死んでも国のためならば本望だろう。まあ我ら若い者が何を言っても、決めるのは大王たちだがな」

竹田王はそう言って笑うと、厩戸の肩を叩いた。

「どうじゃ、これから我が屋敷へ来ぬか。新年の宴をやることになっておる。身内ばかりのささやかな宴じゃ。年の近い者同士で語り合おうではないか」

押しの強い竹田王の誘いを断り切れず、厩戸は宴へ招かれることになった。

竹田王の屋敷は、用明大王の池辺双槻宮(いけべのなみつきのみや)の北にある。かつての敏達大王の訳語田幸玉宮(おさださきたま)である。

敏達大王が最初に造った百済大井宮は押坂彦人大兄王が引き継ぎ、のちに移った幸玉宮には竹田王が住むことになった。敏達大王の在位は十三年で、没してからまだ五年が経つのみであるから、どちらの宮もそれほど朽ちた様子はない。大殿へ入るとすでに宴の支度が出来ていた。

「遠慮のう寛（くつろ）いでくれ。そなたは酒は飲むのか」

厩戸が答える前に、竹田王は厩戸の杯に酒を注いでいる。

「酒はまだ飲みませぬが」

「それなら今年から飲めば良い。そなたももう十七であろう。新年の祝いの酒じゃ」

そう言って杯を掲げると、竹田王は一人で飲み干した。どうしたものかと厩戸が杯の酒を眺めているところへ、数人の男女が入ってきた。竹田王の兄弟姉妹たちである。

「兄上、もうお帰りでしたか」

そう言って近づいてきたのは、竹田王の弟、尾張王である。隣に厩戸が座っているのを見て笑顔になった。

「厩戸王もお出でとは。ご無礼いたしました」

「兄上に誘われたのでな。突然に来て申し訳ない」

尾張王は厩戸より一歳若く、顔見知りの仲である。

「いや、なかなか会えぬゆえ良い機会です。年の近い者同士、存分に語り合いましょう。もう酒を飲んでおられますか。我もいただこう」

そう言うと尾張王は自分の杯に酒を満たした。

「それでは王家の栄えんことを願って、乾杯いたしましょう」

「おまえはもう飲んでいたのか。仕方のない奴じゃ」

竹田王は弟をからかったが、尾張王は構わず杯を掲げて勢いよく飲み干した。厩戸も恐る恐る口をつけて酒をなめた。儀式などで口をつけることはあったが、酒を酒として飲むのは初めてのことである。

「そのような鼠のような飲み方ではいけませんぞ。男子ならひと息に飲み干さねば」

尾張王に囃(はや)されて仕方なく流し込むと、喉から腹へと経験したことのない熱さが伝わった。空いた杯には、すかさず尾張王が酒を注いだ。

「そなたの父上が早うに亡くなったのは残念であったな。せめて十年、大王であればそなたや母上も良い思いができたであろう。今の大王が立つこともなく、わが兄の彦人大兄王が即位して我らの世代へと大王が移ったはずじゃ」

そう言いつつ竹田王も酒を勧めた。

「今の泊瀬部の大王は、思いのほか政に熱心じゃ。あの様子では、あるいは長く大王でおられるかもしれぬ。我らへ大王の順が回ってくるとしても、はるかに後のことかもしれぬな」

「竹田王様はともかく、我などには縁のない話です」

「そうでもなかろう。大王になるには豪族たちの後（うし）ろ盾（だて）が必要じゃ。蘇我大臣がそなたに娘を与えたであろう。大臣が目をかけている証（あかし）ではないか」

「そうでしょうか。もともと我は蘇我の家で生まれて、大臣に育てられたようなもので」

「さればこそじゃ。大臣の思うように動く大王であれば好都合というもの。いずれはそのような日が来るかもしれぬぞ」

口ごもる厩戸に酒を勧めつつ、尾張王が聞いた。

「大臣の娘に子は出来ておらぬのですか。もう出来ても良いころでしょう」

「いや……、実は今、腹の中に」

「そうでしたか。それは目出度い。さあ、杯を空けて」

再び酒を注ぎつつ、尾張王は口をすべらした。

「あの娘は最初、兄上に話があったのを断ったのでしょう」

「余計なことを言うな」

竹田王は鋭く弟をにらんだが、

「気にするな。我の好みではなかったゆえ、断っただけのこと。厩戸王が円満に子を成しておるなら結構なことじゃ」

と取り繕った。

「これは申し訳ありませぬ。もう子が生まれるとは、兄上も負けられませぬな」

そう言って尾張王は笑ったものの気まずい空気が流れて、厩戸は手にしていた杯を一気にあおった。何も言わないままではあったが、厩戸の顔色が変わったのは明らかであった。

「大丈夫ですか。厩戸王様はまだ飲み慣れておられぬのでしょう。無理にお勧めしてはいけませんよ」

その声に振り向くと、一人の女が厩戸の背後に座っていた。

「お初にお目にかかります。二人の姉でございます。ようこそお出でくださいました」

心配そうな女の顔を見つめるうちに、酒のせいか視界が傾き、厩戸は突然に意識が遠ざかるのを感じた。

気がつくと厩戸は別の部屋に寝かされていた。

すでに夕刻になったらしく、板戸の隙間からは赤く染まった空が見えている。

「お目覚めになりましたか」

先ほどの女が傍らに座っていた。頭を起こそうとすると不快な痛みが走って、吐き気がした。

「しばらく横になっておられるほうが良うございます。酔いのせいでございましょう。今日はお泊まりになっていかれませ。お屋敷のほうにはお知らせいたします」

「いや、それでは申し訳がない」

「ご遠慮なさいますな。無理に酒をお勧めした弟たちが悪いのです。このままお帰りになっては私どもが申し訳ございませぬ。従兄弟同士の仲ですから、正月くらい良いではありませぬか」

「そうか……、それではお言葉に甘えて……」

　体に力も入らず、厩戸は目を強く閉じて込み上げる吐き気に耐えた。

「ここに桶がありますので、お使いくださいませ。もうお食事はご無理かと思いますので、炭と明かりをお持ちしますわ」

「そなた、姉と言われたが」

「はい、これまでお目にかかることもなかったと思いますが、菟道貝蛸(うじのかいだこ)と申します。妙な名でしょう。菟道とお呼びいただければ結構ですわ」

　そう言って女は微笑(ほほえ)んだ。

「先ほどの話は、本当であろうか。大臣が先に竹田王に刀自古を勧めたという……」

「お気になさいますな。そのようなことは、いくらもございます。厩戸王様と縁があったとお考えなされませ。弟は好みが強すぎるのですわ。私も人のことは申せませんけど」

「そなたは誰の妻なのだ」

「お恥ずかしい話ですが、まだ独り身です。母からは彦人大兄王の妃となるように散々言われましたが、私はあの御方のぼんやりした風貌がどうにも我慢できないものですから。代わりに妹の小墾田が妃となりましたわ」

菟道貝蛸は竹田王の姉で、このとき二十歳ほどであろうか。当時の女性としては、すでに結婚しているのが自然な年齢である。

「彦人大兄王は、そなたたちとは母違いの兄弟であろう」

「あの御方の母上は息長の出ですから、私ども蘇我の血が入った者とは、どうも息が合わないのです。息長ですから息が長くて茫とされているのかもしれませんわ」

そう言って菟道貝蛸は笑った。

「それに母違いとはいえ、あまり兄弟姉妹で婚姻を結ぶのはどうかと思うのです。母は次の大王になる彦人大兄王と結んでおきたいと考えてのことでしょうが、大王になったとしても先々どうなることか」

「我が父も、二年にも満たなんだ」

「これはご無礼を。ですから誰も彼もが大王やその妃になりたいと思うのは、考え違いではないかと思うのです」

その言葉にうなずきながら厩戸も言った。

「我も大王になりたいとは思ったこともない」

天井を見つめたままの厩戸に、菟道貝蛸は自分と近いものを感じた。

七

三月になって厩戸王の初めての子、山背(やましろ)王が生まれた。のちに弟が増えると山背大兄王と呼ばれることになる。知らせを聞いて厩戸は蘇我屋敷へ駆けつけ、我が子と対面した。

「かわいい子じゃ。心配したほどではない」

「何がそう心配だったのです」

子供を抱いた刀自古郎女が、不審そうに厩戸を見た。

「いや、初めての子ゆえ、無事に生まれるか心配したのじゃ」

そう言って厩戸はごまかした。妻に似た長い顔の子が生まれるかと案じていたが、思いのほか整った顔で安堵したのである。しかし子供の顔は成長するに連れて面長になるため、子供のうちから大人のような整った顔というのは実は良くない。この山背大兄王も、成人したあと「山羊の叔父」と呼ばれるような長い顔になる。

「無事のご誕生、おめでとうございまする」

蘇我馬子も孫の誕生を喜んで、様々な祝いの品を献上した。

「思えば厩戸王様のご誕生の折にも我はご挨拶申し上げ、今また御子のご誕生も見届けるとは、御縁の深さを感じまする。この先も大王家と蘇我が手を結んで栄えていきますようお願い申し上げます」

「まことに大臣の申すとおりじゃな」

そう答えたものの、厩戸には自分が何をすべきか、どんな役割を果たすべきかが未だ判らない。

「飛鳥の法興寺も徐々に出来つつあります。講堂だけでも完成すれば講義を始めたいと思いますので、今年のうちには学生を集めねばなりませぬ。大王家から厩戸王様が加わっていただければ、まだ関心を示さぬ者たちも目が覚めることでございましょう」

「それは楽しみじゃな」

「近々、百済より善信たちも戻ってくると知らせがありました。無事に受戒したそうで、あの者には尼僧たちの先導を任せようと思っております」

「なにっ、善信が帰ってくるのか」

突然の厩戸の声に驚いて、赤子が泣き出した。

「そのような大声を出されるから、目を覚ましてしまいましたわ」

刀自古が眉を寄せて、腕の中の子をあやした。

「はい、次の船で帰ると知らせがありましたので、おそらく今月か来月には戻るものと。またかの地の話など聞きにお出でくだされ。とりあえずは豊浦の屋敷に住まわせることになるかと思いまする」

泣き出した子に遠慮して、馬子が声をひそめて言った。

厩戸も赤子を見つめながら、「承知した」と答えた。

三月の末に善信ら留学僧が、百済より帰国した。

わずか二年間の留学ではあったが、仏教の盛んな百済で薫陶を受け、経典の理解だけでなく、人々の生活の中に入り込んだ仏教を体で感じてきた。

同行してきた百済の使者が挨拶と報告に、倉梯宮を訪れた。崇峻大王は仏法についてはそこそこに、半島の情勢を尋ねた。

「昨年、隋が陳を滅ぼして南北を統一し、晋以来四〇〇年ぶりの巨大な国になりました。隋がこの先どう動くか、わが百済だけでなく新羅も高句麗も様子をうかがっておるところでございます。ことに隋の北に接する高句麗は警戒を強めて、いずれは戦になるかもしれませぬ」

「今、我が国が任那復興に新羅を攻めたとき、百済や高句麗はともに兵を出してくれるか」

大王の問いに使者は困った顔をした。

「我が申し上げることではございませぬが、高句麗にその余裕は無かろうと思われまする。我が国も兵を出したときに、隋が攻め込まぬとも限りませぬ。背後が気になりますので全力を挙げての出兵は難しいのではないかと。今は敵視されぬよう穏便にして、隋の動きを見定めようという形勢になっておりまする」

大王が明らかに不機嫌な顔で押し黙ったために、代わって大臣の蘇我馬子が声をかけた。

「承知した。また我らが任那復興に動くときには協力を頼むことになろう。百済王に伝えてほしい。それと此度(こたび)の仏法布教の力添えには感謝申し上げる。今後も様々に教えていただくことがあるかと思う」

百済の使者は面目を保って、大王の前を辞した。

「いささか時期が悪いようでございますな」

使者が姿を消したあと、馬子が大王に話しかけた。

「我が国だけでも新羅を攻めて、任那を取り戻すことはできよう」

「それはいかがでしょう。御父上は百済とともに新羅を攻めても敗北し、任那を失いました」

「父は父、我は我じゃ！」

崇峻大王は怒鳴って奥へと姿を消した。


同じ日、厩戸王は豊浦にある馬子の屋敷を訪ねた。

ここは厩戸が生まれた石川の屋敷に近く、かつては馬子の父、稲目の屋敷があった場所である。向原(むくはら)屋敷とも呼ばれたが、物部尾輿(おこし)によって仏殿が焼かれたため、その後は石川へ屋敷が移された。その空き屋敷を、このたび善信ら尼たちのために使えるようにしたのである。

古びた門をくぐると、広い敷地の正面に屋敷があって、ほかにいくつかの建物があるが、屋根が朽ちているものも見える。左手には地面が黒く焼けたあとが残っており、ここが仏殿であったのだろう。燃えた残骸は片付けられているが、それでも長く手が入っていなかったのが判る。

厩戸が立ち尽くしていると、正面の屋敷から出てくる人影が見えた。薄黄緑色の衣を着て、肩までの髪は束ねることなく軽やかに揺れている。厩戸に気づいて立ち止まった。

「これは厩戸王様」

小さく驚いたように言って、善信は深々と頭を下げた。

「お久しゅうございます」

笑みを浮かべつつ、厩戸へと歩み寄った。

「ずいぶん背が大きゅうなられましたね。ご立派になられて」

「そうかな、さほど伸びたとも思わぬが。そなたこそ顔立ちが大人になった」

「以前は子供でしたか」

「いや、落ち着きが出た」

そこまで言うと二人は微笑み合った。

「こちらからお訪ねするつもりでしたが、屋敷の片付けを済ませてからと思うておりました。ご無礼をいたしました」

「古びておるから掃除も大変であろう。大臣に言って人手を増やしてもらおうか」

「いえ、とりあえずは住まう場所さえあれば十分ですので。我らだけで何とかなります。このような屋敷を与えていただいただけでも勿体(もったい)のうございますわ。それよりも飛鳥の寺を建てていただくことが先決。ご覧になりましたか」

善信の言葉に力がこもるのを厩戸は感じた。

「ああ、時折見に出かけておる。講堂だけでも完成すれば、すぐに講義を始めると大臣は申しておった。楽しみなことじゃ」

「厩戸王様もお出でになりますか」

「ああ、そのつもりでおるが」

善信は嬉しそうにうなずいた。

「楽しみなことばかりでございますわ。すでに出家したいという者も何人か申し出ております。尼になる者は私がこちらで世話をして、いずれはここを尼寺にできればと思っております。思い切って彼の国へ渡って、まことに良うございましたわ」

「苦労もあったであろうな」

「それも修行の内と思えば」

善信は少しうつむいたが、すぐに顔を上げた。

「そういえば厩戸王様に御子がお生まれになったとか。おめでとうございます」

「ああ、つい先日のことじゃ」

急に厩戸は言葉を濁した。

「厩戸王様も人の親になられたのですね」

何気なくつぶやいた善信の言葉に、返事が出来ず厩戸は黙った。心の内で起き上がる思いを、ただひたすらに押し留めていた。

崇峻大王の出兵計画は延期となった。十月に高句麗の平原王が死去したことで、高句麗の援軍が不可能になったのである。

大国の隋が成立したため防御を固めるなど心労が重なって、在位三十年以上の平原王は倒れた。代わって長子の嬰陽王が即位したが、まずは国内を安定させることが必要であった。この嬰陽王はたびたびの交戦で隋を弱体化させ、やがて隋の滅亡とともに自身も死ぬことになる。

崇峻大王は集めた兵に武器を持たせて、ときおり北野で調練をさせた。大王自らも出座して、幕を張った中に甲冑姿で座り監督をした。

「このようなことを続けておると、民が疲れて困窮するばかりであろう」

冬の冷たい風の中を行軍する兵を見ながら、彦人大兄王が蘇我馬子に言った。

「あきらめてはおらぬということを、お示しになっておるのでしょうな」

二人もまた甲冑を身につけて幕外に立っていたが、吹き付ける風に雨が混じり始めた。兵を指揮する大伴糠手子（ぬかでこ）の声も強風で途切れて、寒さが一層強く感じられた。彦人大兄王は顔をゆがめて灰色の空を見上げていたが、やがて不意に振り向いて幕の内へ進むと大王に言った。

「もうやめませぬか。兵が疲れるばかりで何の益にもならぬでしょう」

それを聞いた崇峻は激怒した。

「何の益にもならぬとはどういうことじゃ！　寒かろうが暑かろうが、戦ならば戦わねばならぬ。そのときのための調練ではないか！」

「戦をしても得るものなどございませぬ。時は流れておるのです。いつまでも過ぎたことに囚われていては、良い政はできませぬぞ」

彦人大兄王が言い終わるその瞬間、崇峻が剣を抜いて横に一閃した。

「うわっ！」

両手で顔を覆った大兄王が、その場に倒れた。駆けつけた馬子が大兄王を抱き起こそうとしたとき、顔を覆った両手の隙間から、赤い血が噴き出した。

「大兄王様！　誰か居らぬか！」

馬子の叫び声を聞いて二人の衛兵が入ってきたが、二人ともその場に立ち尽くした。

「早う手当を！」

馬子の指示で正気を取り戻した衛兵たちは、持っていた布地を重ねて大兄王の顔に当て止血をした。

「目を……、切られておられます」

衛兵が怯えたように傍らの馬子に小声で告げた。馬子は崇峻を見上げた。

「無礼を申したからじゃ」

崇峻は動揺を抑えながら言った。

「我の為すことに従えぬのならば、日嗣御子であることも許さぬ。彦人大兄は病のために日嗣を返上したのじゃ。よいな大臣。その方らもここで見たことは口外してはならぬ」

崇峻は剣を収めると、馬子と衛兵らにそう告げた。


その一件を契機として、崇峻大王の出兵計画はまた動き始めた。

高句麗や百済を頼ることなく、自国の力のみで任那を取り戻すという方針に切りかわった。

「他国を頼れば、勝ったとしても領地を要求されるに違いない。それでは何のための出兵か判らなくなる。我が力のみで任那の地から新羅を追い出してみせる」

崇峻は以前にも増して多くの兵を集めるように大伴糠手子に命じた。これまでは西国だけの徴兵であったが、東国からも集めることとなった。馬子が宮へ出仕しても大王は会おうともせず、独断で指示を出すことが多くなった。

馬子が後宮を訪れ、彦人大兄王の負傷の件を伝えると、炊屋姫は怒りをあらわにした。

「何ということを。それで大兄王の目は治るのですか」

「もはや両目とも回復は叶わぬようです。はずみとはいえ、このような大事になり無念なことにございます」

「無念で済むことではないでしょう。日嗣御子まで返上させて、このような暴虐は許されてよいはずがない」

「しかし、いかがでございましょう。目の見えぬようになった彦人大兄王様を、このまま日嗣とするのは」

「何が言いたいのじゃ」

炊屋姫が刺すような視線で馬子を見た。

「この際、大兄王様には降りていただき、竹田王様を日嗣御子にすることをお考えになっては」

馬子の大きな目が、炊屋姫の心中を探るように光った。

しばしの沈黙のあと、

「それも一つの手じゃが」

と火桶の炭に手をかざしながら、炊屋姫は言った。

「しかし今の大王のもと、竹田を日嗣としても上手くゆくとは思えぬ。また争いが起きて彦人大兄王のようにならぬとも限らぬであろう。しばらくは病ということで彦人を日嗣御子としておくのが良いのではないか」

「大王が他の者を日嗣にされるようであれば、困ったことになりますぞ」

「そのときは、また考えねばならぬであろうな」

互いの胸中をさぐるように、二人の視線は絡み合った。

翌年の八月に崇峻大王は、群臣らに任那復興のための出兵を宣言した。もはや異を唱える者もなく、大臣の蘇我馬子も黙って従うしかなかった。各地で集められた兵たちは順次、西国へと送られていった。

紀男麻呂（きのおまろ）、巨勢猿（こせのさる）、大伴咋（おおとものくい）、葛城烏奈良（かずらぎのおなら）の四人が大将軍に任じられると、各氏族の者たちを副将や隊長にして、指揮系統が作られていった。そうして十一月四日には朝廷の本軍が西国へと出発した。

筑紫に集結した兵は二万にも及んだ。この兵を渡海させるのには船が足らない上に、冬場の北西の強風が吹く日には小舟では進むこともできない。

「そのようなことは判っていたはずではないか」

筑紫に建てた簡易の兵舎で、将軍らは誰に怒りをぶつけて良いのか判らず苛立った。足止めを食らった兵たちも、寒さをしのぐために粗末な兵舎を建てることが当面の急務であった。

「船が手配できるまでに、新羅に使いを出してはどうか。任那を返すと言うなら海を渡る必要もない。二万の兵が集まったと聞けば、新羅の王も恐れをなして降参するかもしれぬぞ」

烏奈良がそう提案すると、他の将軍たちも同意した。戦うことなく任那が復興できれば、それに越したことはない。烏奈良は配下の渡来人である吉士金（きしのかね）と吉士木蓮子（いたび）を使者として送り出した。

この知らせを聞いた崇峻大王はまた激怒した。

「使者を送ってこれから攻め込むと教えては、敵の備えが厚くなるばかりじゃ。そのようなことも判らぬか！」

「されど船の数が足りず、風を待って渡っているうちに情勢は敵にも知れましょう。二万の兵に驚いて新羅が服従するなら好都合という考えも、判らぬでもございませぬ」

大伴糠手子（ぬかでこ）が懸命に取りなした。一族の大伴咋（くい）が将軍として筑紫にいるために、それをかばう意味もある。

「仕方がない。西国の船を早急に筑紫へ集めるのじゃ。手配できた船から渡海させよ」

「ははっ」

糠手子は恐縮して退出した。

大王の命令を受けて、筑紫の将軍たちは可能な限りの船を使って、兵を送り出した。一番大きな船でも一艘（そう）に百人が限界で、風の良い日を見て小刻みに出航させた。

先に出船した葛城烏奈良と大伴咋は、壱岐、対馬を経由して朝鮮半島の南端にある南海島に上陸し、そこで後続の兵を待った。数日して先に送った使者のうち、百済へ使いした吉士木蓮子（いたび）が戻ってきた。

「百済王は、我が軍が新羅と戦うならば援軍を出すと約束いたしました」

報告を聞いた烏奈良は安堵した。

「よし、それならば勝算はあるというもの。兵の渡海を急がせよう」

到着した兵が千人ほどになったところで、烏奈良は兵を連れて南海島から半島へと渡った。上陸して河東（ハドン）のあたりまで進んで設営し、後続を待った。ここはかつての任那の国域で、百済の国境に近いために新羅も攻めにくいと判断した。すでに年が明けて翌年の一月になり、筑紫にも増して寒さは厳しかったが、兵たちは懸命に営舎を建てて寒さをしのいだ。

一方、新羅の真平王は使者の吉士金（きしのかね）を待たせたまま、返答を先延ばしにしていた。筑紫に大軍が集結したことはすでに耳に入っていたが、この冬の最中に大軍を渡海させるとは思えなかった。仮に渡海したとしても、この厳冬の中で新羅まで攻め入ることができるとは思えなかったのである。

「そのような無謀な命令に、とても兵は従わぬであろう。寒さで兵が弱ったころに攻め込めば、たやすく追い払えるに違いない」

まだ二十代の若い真平王はそう判断した。王位を継いで十数年が経ち、ようやく国政も落ち着いてきたところである。できれば危険な戦は避けたいという思いがあった。

真平王の願いに反して倭国の軍は厳冬の中でも果敢に渡海を続け、二月の末には二万の兵すべてが朝鮮半島に移動を完了した。百済から兵糧など物資の援助もあって、河東一帯に駐留拠点を築くと、寒さの緩みかけた三月には東へ向けて兵を進めた。

昆陽（コンヤン）から泗川（サチョン）あたりは新羅の兵も見えず、容易に進軍することができた。そこから北東の晋州（チンジュ）には新羅の駐留兵がいた。物見を出すと、兵数は千ほどだという。

「こちらは二万の兵じゃ。たやすく落とせよう」

四人の将軍はそう判断すると、晋州へ向けて進発した。周囲の山の雪も溶け始めて、淡い緑に染まり出すころである。日中はすでに暖かく、兵の行動も楽になっていた。

晋州は南江という川が山間を蛇行する途中の平地に開けた集落である。山の多いこの辺りでは最も大きな集落で、新羅も統治のために拠点を置いていた。南から進む倭国の軍の前に大きな川が横たわり、その向こうに晋州の集落が見える。浅瀬に数本の丸太を並べると、次々と兵が対岸へ渡った。何の知らせも受けていなかった新羅兵は突然の攻撃に驚いて、わずかな反撃をしたものの、半日も持たずに逃げ去った。

慶州(キョンジュ)の都でその報を聞いた真平王は驚いた。そのような速さで倭軍が侵攻するとは想像もしなかったのである。

「すぐに都の軍を送って食い止めよ！」

若い王がうろたえる様を、側で見ていたのは中年の女性である。美しい衣服を身にまとい、きらびやかな髪飾りを揺らせて椅子に身を沈めていたが、見かねたように口を開いた。

「そのように慌てずとも、馬山(マサン)と密陽(ミリャン)に十分な兵がおります。それに洛東江(ナクトンガン)を簡単には越えられるはずもございませぬ」

女は不敵な笑みを浮かべつつ、こう言った。

「使いをよこして領土の返還を求めるだけだった倭国が、急に攻め込んできたのは新たな王になったからです。他の王に代われば倭国の方針も変わりましょう」

「ではそれまで耐えて待てと」

「待たずとも、王の命を縮めるだけです」

女の言葉に真平王は驚いて、言葉を失った。

この美室(ミシル)という女性は、先々代の真興王に寵愛され三人の息子と娘を産んだ。真興王の死後、先代の真智王とも関係を持ち宮廷内で力を持つようになった。さらに真智王を数年で退位させ今の真平王が即位させると、この王との間にも娘を産んだとされる。真平王の玉璽を預かる璽主となって国政にも力を及ぼしている。

「私にお任せください。すぐに倭国へ刺客をやります」

「抜かりの無いように、新羅の者と知れぬようにな」

「勿論にございます」

美室は笑みを浮かべたまま、頭を下げた。


出兵した二万の軍が無事に半島に上陸し、百済の協力を得て進軍し始めたとの知らせが崇峻大王のもとにも届いた。

「案じたことはない。もっと早くに兵を出しておれば任那も回復できておったのじゃ。そうではないか」

珍しく機嫌が良い大王は、宮に諸臣らを集めて朝議を開いた。出兵の状況を皆に知らせるためであった。

「この勢いならば新羅領内にまで攻め込んで、今年の内には慶州の都を落とせるかもしれませぬな」

大伴糠手子が赤ら顔で嬉しそうに言った。

「我が軍が攻勢であるのは喜ばしいことにございまするする。ただ新羅とて長きに渡り百済、高句麗と戦ってきた国。戦いには慣れておりましょう。地の利も相手にありますれば、わずかな隙を突いて反撃してくることも考えられます。用心に越したことはございませぬ」

大臣の馬子はそう進言した。

「判っておる。まずは任那の領土を確保することが先決じゃ。二万の兵ではとても都までは攻め込めぬであろう。そう兵糧とともに将軍たちに伝えよ」

大王は糠手子に指示した。

「このまま任那が復興し、それを新羅が認めるならば良いが、さらに大きな戦となれば王族の者に援軍を率いて出向いてもらわねばならぬ。今からその心積もりもしておくように」

大王の言葉に、大派(おおまた)王ら居並んだ王族たちは頭を下げた。朝議が終わったあと、竹田王が厩戸王にささやいた。

「我らが行くことになるやもしれぬぞ」

「まさか、そのようなな。年上の方々がいるではないですか」

「王族など飾り物にすぎぬ。誰が行っても良いのじゃ。かえって若い我らのほうが将軍たちは思い通りできて好都合であろうよ」

竹田王の言葉に厩戸は動揺した。善信が仏法を学ぶために百済へ渡ると聞いて、恐ろしく遠い地の果てへ行くように感じていたが、自分にもそのようなことが起ころうとは思いも寄らなかった。ましてや戦いに出向くなど考えたこともなかった。

「どうした。恐くなったのか」

厩戸の様子を見て竹田王は笑った。

「そなたの臆病も困ったものだな。戦いで功を為せば、次の大王の座も近くなるというものじゃ。彦人大兄王様は長い病で伏せっておられるゆえ、日嗣御子もどうなるかわからぬぞ」

そう言うと竹田王は、厩戸の肩を叩いて去って行った。

厩戸はそのまま帰る気にもならず、久しぶりに飛鳥へ向かった。

三月も末に近づき、周囲の山々は瑞々（みずみず）しい薄緑色に変わっている。鶯の鳴き声が山に囲まれた飛鳥では反響して、あらゆる方向から聞こえてくる。馬を止めて耳を澄ましてみても、どこから聞こえるのか判らず厩戸は笑みを漏らした。子供のころには立派な耳朶（みみたぶ）だと褒められることも多かったが、取り立てて良く聞こえるということもない。それを思い出して笑みがこぼれたのである。

馬を進めようとした瞬間、どこか近くで人の声がしたように感じた。普通の話し声ではなく、押し殺したような声で何を言っているのかも聞き取れない。厩戸は手綱を引いて馬を制してから、もう一度耳を澄ました。どうやら前方にある廃屋のあたりのようである。なぜか気になって静かに馬を左の脇道へ進めると、木立の陰に身を隠して様子をうかがった。

先ほどからの鶯の声に混じって、ときおり法興寺の工事の音も聞こえてくる。聞き間違いであったかと木立の陰を出ようとしたとき、廃屋の中から一人の男が顔を出した。用心して辺りをうかがうと、小さく中に合図をしてから法興寺の方へ足早に歩いて行った。

（あれはどこかで見たことのある顔だ。誰であったか……）

そう考えつつ厩戸がもうしばらく身を潜めていると、また一人、廃屋から男が出て来た。頬被(ほおかぶ)りをしていて顔はよく見えないが、細長の目で鋭く周囲を見回して、今度は法興寺と反対の方へ足早に去って行った。

（あれは誰であろう。見覚えがないが、それにしてもあのような廃屋で何を話していたのか）

妙に気になり、厩戸は法興寺へと馬を急がせた。とりあえず、先の男の素性(すじょう)を知ろうと思ったのである。

法興寺では、もうすでに講堂が完成に近かった。屋根が瓦で葺き上がり、内部の造作に入っているところであった。厩戸の姿を見ると、見知った工人たちが笑顔で頭を下げた。暖かい季節になって作業もしやすくなったためか、働く者たちの表情も明るく見える。寺匠(てらたくみ)の太良未太(だらみだ)が大声で、何やら百済言葉で指図をしている。

「ずいぶん進んでおるな。瓦が乗って一層立派になった」

厩戸が声をかけると、気づいた太良未太が笑顔で振り返った。

「これは厩戸王様。見事でございましょう。倭国の土でも良い瓦が焼き上がって安心いたしました」

屋根には丸瓦と平瓦が交互に整然と並んで、四方の角は軒に向かって反り返るように緩やかな曲線を描いている。使った瓦はすべて、この寺を建てるために百済から来た四人の瓦博士たちが、適した土を選んで焼き上げたものである。これがこの国で最初の瓦を使った大規模な建築物であったろう。

「これならば雨で傷むことはなさそうだな。ただ相当な重さではないのか」

「そうでございます。そのため柱や梁を堅固に作らねば、屋根の重さに耐えられませぬ。そこは十分に工夫してございます」

厩戸王は感心して眺めていたが、不意に先ほどの男のことを思い出した。

建物を見て回る振りをして、働く者たちを一人ずつ確かめたが、先ほど廃屋で見た男はいない。

（どこへ行ったのか。たしかにここへ向かったと思ったが）

ふと振り返ると矢来の外に、建築場を警護するための者たちの休憩所がある。その周辺に数人の男が立っていた。おそらく蘇我馬子が命じた配下の者たちであろう。厩戸が何気ない様子で近づくと、男たちは気づいて跪(ひざまず)いた。

「そなたらは大臣に命じられた者か。いずれの氏族じゃ」

「はい、大臣から寺を守るように命じられておりまする、東漢氏(やまとのあやうじ)の者でございまする」

三十歳ほどの一番年長の男がそう答えた。その声を聞いて、慌てて休憩所の中から顔を出した者がいる。

(先ほどの男だ)

どうしたものかと厩戸は思ったが、ここで名を問えば不審に感じるだろう。

「皆、東漢氏の者なのか」

「はっ、我らが交代で昼夜とも厳重に見張っておりまする」

年長の男は見張りに手抜かりがないことを強調した。厩戸がそれを心配して尋ねたと思ったのである。

「それならば安心じゃ。火などつけられぬように、くれぐれも見張りを頼む」

厩戸はそう言って、その場を離れた。

八

任那復興の戦いは、倭国軍が晋州から威安へ進んだところで、馬山の新羅軍とぶつかり双方に多くの死傷者が出た。

新羅軍を追って馬山を制圧したものの、敗走した新羅兵は金海まで撤退して態勢を立て直した。両軍は馬山と金海の間の山地をはさんで、にらみ合う形となった。

季節は夏になり、兵糧などは百済からの援助で不足はなかったが、倭国の兵たちの中には戦いに倦む気分も生じていた。

「大王が言われるように、かつての任那の領土を取り返すとならば、北の星州あたりまで攻め込まねばならぬ。先にそちらへ進出してはどうか」

将軍の一人、紀男麻呂はそう提案したが、葛城烏奈良は即座に退けた。

「内陸まで入り込んだときに、手薄になった海岸を制圧されたなら我らは包囲されてしまう。そのような危ういことはできぬ。やはり金海の敵を叩いて新羅領内へ追いやることが先決じゃ」

しかし新羅も釜山から金海へと兵を送り込んで、倭国軍と同数ほどに増強している。容易に手を出せぬまま膠着状態が続いた。

それに対応するように、倭国の朝廷でも崇峻大王が増援の計画を進めていた。新たに集めた兵一万あまりを、敏達大王の子である難波王が率いて渡海することが決まった。難波王はこのとき三十歳ほどと思われる。

出発の数日前、大王は難波王を始めとする王族や、主立った豪族を宮に招いて宴を開いた。

「そなたを派遣するのは、我に代わって兵たちを鼓舞してもらうためじゃ。王族で年長のそなたでなければ出来ぬことゆえ、心して努めてくれ。戦の指揮は将軍たちに任せておけば良い」

大王は難波王の杯に直接酒を注いで、言葉をかけた。

「承知いたしました。必ずや任那の地を回復して見せまする」

「頼もしいことを言うてくれる。これを成し遂げたならば父の代からの念願が叶うのじゃ。皆で力を合わせたなら、きっと成就できよう」

難波王が杯を空けるのを、大王は嬉しげに見つめた。その様子を見つめていた竹田王が、隣の厩戸にささやいた。

「我らでなくて良かったではないか」

「そうですね」

厩戸も短く返した。

「実のところ我か、そなたの兄の田目王かと思うたが、難波の兄上とは良いところへ落ち着いたものじゃ」

竹田王の派遣は炊屋姫が反対し、田目王については母が蘇我氏のため大王が反対した。結局、彦人大兄王の弟である難波王が選ばれることになった。これで功を為したならば兄に代わって日嗣御子にするかもしれぬと言われていた。

その宴の途中、縁先に仕留められたばかりの大きな猪が運び込まれた。皆が驚きの声を上げる中、大伴糠手子が片膝をついて言った。

「我が大伴の者が今朝、笠置の山で狩ったものにございます。難波王様の御武運と、我が軍の勝利を祈願して御前に奉りまする」

猪はかなりの大きさで、皆が目を見張るほどである。

「このあたりでは珍しき大物。しかも背中に白い毛が筋になって入っておりまする。これはまさしく白毛(しろげ)。新羅を討ち取る先触(さきぶ)れに違いございませぬぞ」

糠手子の口上を聞いて、大王は手を打って喜んだ。

「これは幸先の良いことじゃ。すぐにさばいて皆に分け与えよ。白毛の肉を食らうてやろう。そうじゃ、難波王が最初に刃をつけるのが良い。見事、白毛を刺し貫いてみよ」

そう言われた難波王は「ははっ」と答えて立ち上がると、縁先へ降りた。太刀を受け取って鞘を抜き、振り向いて大王に一礼をした。

猪に近づいて首筋に切っ先を当て、狙いを定めた。次の瞬間、太刀がきらめいて弧を描いたかと思うと、猪の首筋から鮮血がほとばしった。そして難波王は力を込めて、一気に猪の首を切り落とした。血の滴る太刀を側の者に渡すと、再度大王に一礼した。

「見事じゃ。難波王が新羅を討ったぞ！」

大王が嬉しそうに笑うと、居並んだ者たちも歓声を上げて手を打った。


宮での宴のあと、厩戸は蘇我馬子に呼ばれて、久しぶりに石川の屋敷を訪れた。すでに日は傾きつつあったが、五月の夕刻はなかなか日暮れまでが長い。

「宮では酒も十分飲めぬでしょう」

馬子はそう言って、酒の支度をさせた。

「山背王様や刀自古は、変わりありませぬかな」

「ああ、変わりない。山背王もよく歩き回るようになって、近頃は虫が気に入ったとみえて様々な虫を籠に集めておる」

「それはまた面白い。厩戸様と似ておられますな。よく庭に屈み込んでは虫やら花やらを眺めておられました」

「そうであったかな」

あまり酒は飲まない厩戸であったが、勧められて杯を口に運んだ。

「お呼びしたのは、そろそろ法興寺の講堂も完成いたしますので、今後のことをお伝えしようと思いましてな」

「そうか、完成するか」

馬子はさらに金堂や回廊を建設し、広大な寺を飛鳥に作り上げると語った。寺だけでなく、そこに安置する仏像なども作らねばならない。今あるのは百済から渡ってきた物ばかりで、これを国内で作るにはまた技術が必要になる。

「鋳造の匠を招いて、その技術を倭国の者に教えてもらわねばなりませぬ」

「まだまだやることは多いな」

「はい、いろいろなことで倭国は遅れをとっております」

戦をしている時ではないと馬子は言いかけたが、その言葉は飲み込んだ。

「そういえば忘れていたが」

厩戸は、ふた月ほど前に見た男のことを思い出した。法興寺の近くで、東漢氏の者と会っていた見知らぬ男のことである。

「今思えばあの者たち、韓の言葉で話していたのかもしれぬ」

「東漢氏ならば、渡来の者と話すのは韓の言葉です。その男、半島から来たのではありませぬか。どのような風体でしたか」

「頬被りをしていて顔は見えなんだが。相手の東漢氏の者は、顔を覚えておる」

馬子は配下の途見赤檮を呼んだ。赤檮もまた東漢氏である。

しばらくして現われた赤檮に、厩戸が男の人相などを説明すると、赤檮は察しがついたように言った。

「法興寺の警護をしているのは山木の者たちです。賀提と弟山の兄弟が任に就いていると聞きましたが、その面相なら弟山でしょう。ちょうど交代の頃合いだったかもしれませぬ」

「会っていたという者は心当たりがあるか」

「さてそれは判りませぬが、韓言葉であれば渡来の者かと。いくら東漢の者でも、身内同士でわざわざ韓言葉を使う者はございませぬ」

「やはりそうであろうな。飛鳥あたりで密かに何を探っていたのか、気になるところじゃ」

「百済からの者ならば寺匠らと同国ゆえ、密かに探ることもないはず。となると新羅か高句麗か」

「いずれにしろ弟山を見張って、その者の素性を探るのじゃ」

「見つけたときには捕らえるか殺すか、いかがいたしましょう」

「まずは探るだけで良い。見失わぬようにな」

赤檮は「はっ」と返事を残し、姿を消した。それを見送ってから厩戸は不安げに口を開いた。

「このような大事になるとは。ただの思い過ごしかもしれぬが」

「何事も手は打っておかねばなりませぬ。大王の周辺にある者が、何も知らなんだでは済まされませぬゆえ」

馬子は大きな目を見開いてそう言うと、再び杯を口に運んだ。

四日後の朝、馬子のもとへ赤檮が報告に現われた。弟山を見張っていたところ、昨夜遅く家を訪ねた者があったという。

「東漢氏の坂上駒（さかがみのこま）という者です。見張りが厳しく、屋敷へ入り込んで話を探ることはできませなんだが、長く話し込んでいたようです」

「もう一人の見知らぬ男は現われなんだか」

「はい。駒が一人で現われただけで」

「何の相談であろうな」

「関わりがあるか判りませぬが、弟山も駒も新羅を出身とする一族です。あの男が新羅の者とすれば、その縁でつながりがあるかもしれませぬ」

「なるほどな」

東漢氏(やまとのあやうじ)はすべてが一つの血族というわけではなく、半島からの渡来人たちが檜前(ひのくま)に集まり住んだ集合体の総称である。それ以前からの大和の豪族と区分けするために東漢氏として、ひとくくりに呼んでいる。同じように河内の渡来人は西漢氏(かわちのあやうじ)と呼ばれる。

「半島で新羅と戦の最中に、この大和で新羅者が密かに動くとすれば良からぬことに違いない。こちらの情勢をさぐっておるのか、それとも別に何か」

馬子はそこまで言って黙った。

「弟山と駒を捕らえて吐かせましょうか」

「いや、今少し知らぬ振りをしておけ。見張るだけで良い」

「それでよろしゅうございますか」

「ああ」

赤檮は不満に思ったが、馬子に何か考えがあるのだと察して引き下がった。

それから三日後の夜、夕刻からの雨が次第に激しくなった。

ときおり雷も鳴って荒れ模様の天候となる中、弟山の家を見張っていた赤檮は、配下の者から急な知らせを受けた。宮の警護をしている坂上駒のもとに頬被(ほおかぶ)りの男が現われたという。赤檮は慌てて雨の中を宮へ駆けつけた。

土砂降りを避けるように、宮の近くの大木の下で身を隠している配下の者を見つけて問い質(ただ)した。

「駒はどうした」

「それが、現われた男と中へ入ったきりで」

「馬鹿な。衛兵はどうしたのだ！」

「皆、駒の配下ばかりで止める者はございませぬ」

「しまった！」

赤檮は宮へと駆けていった。正門前には衛兵が二人、長槍を手にして立っていたが、走り寄る赤檮の姿を見て身構えた。

「何者だ！」

「大臣様の家人、途見赤檮じゃ！　坂上駒はどこへ行った！」

赤檮の問いに衛兵たちが口ごもっていると、声を聞いて詰所からさらに二人の衛兵が出て来た。

「不審な者が宮へ侵入したと知らせがあった。お前たちが見て見ぬ振りをしたことも知っておる。もし大王の身に何かあれば、お前たちの罪は重大だぞ」

赤檮の言葉に衛兵たちは、戸惑うように顔を見合わせた。

「我も同じ東漢氏ゆえ、そのようなことは避けたいが、まずは大王の身が心配じゃ。騒ぎになる前にあの者を捕らえねばならぬ。中に入れてもらうぞ」

「駒様の指図ゆえ、我らは従ったまでのことで……」

衛兵たちは言い訳をしつつ赤檮を宮の内に通した。土砂降りの中を走って宮の大殿へたどり着くと、暗がりの縁の上に雨で濡れた足跡が続いている。赤檮は自分の足をぬぐうと、残っている足跡をたどって大殿の内へと進んだ。

赤檮の身分では、このような場所へは一度も入ったことはなく、どこにどのような部屋があるか見当もつかない。ただ足跡をたどって奥へ奥へと進んだ。足跡の主もたびたび逡巡したようで、引き返したような跡も見受けられる。

奥殿への渡り廊下に人が倒れているのが見えた。大王の身辺を守る警護の者らしい。廊下の両端に二人倒れて、血が流れ出ている。大した抵抗も出来ぬまま、ひと息に刺し殺されたようである。奥へ進もうとしたとき、廊下の角を曲がって、燭台を持った男が現われた。

「な、何者じゃ！」

声の主は年配の男で、赤檮の姿を見て驚いたようである。すぐさま赤檮は片膝をついてうずくまった。

「我は蘇我大臣の家人、途見赤檮でございまする。不審者が宮へ入ったと聞いて参上いたしました。大王様はご無事でございましょうや」

「なにっ、大王様が。先ほど物音がしたように思って起きたのだが」

年配の男は王家の執事であろう。大王の身辺の世話を司（つかさど）っている。

「そなたも着いて参れ」

男は赤檮にそう言うと、燭台をかざして奥殿の中へと進んだ。

一つの部屋の前で止まると、赤檮に待つように小声で指示してから、男は中へと入った。屋根を打つ雨のせいで、耳をそば立ててもあまり他の音は聞こえない。赤檮が土砂降りの外を振り返った瞬間、部屋の内から「あっ」と男の叫び声がした。

「いかがいたしました」

思わず赤檮がのぞきこむと、部屋の隅には男が立ち尽くしている。部屋の中央の乱れた夜具の上に、燭台の明かりに照らされて誰かが横たわっているのが見えた。

「お、大王様！」

年配の男はひざまずいて揺り起こそうとしたが、胸のあたりは大きく血に染まって、すでに息がないのは明らかである。

この光景を見て、さすがに赤檮も衝撃を受けたが、すぐさま部屋の外を調べた。しかし雨に濡れた足もすでに乾いていたらしく、賊の足跡は見当たらない。逃げたとすれば正門からだが、途中で人影さえ見ていない。

「正門のほかに宮から出る門はありましょうや」

赤檮が尋ねると、執事は気づいたように、

「裏門がある。いつも内から閉ざしているので開けることはないが」

と答えた。赤檮が駆け出そうとすると、さらに執事は言った。

「河上娘（かわかみのいらつめ）様がおられぬ。今宵はご一緒だったはず」

赤檮は一瞬戸惑ったが、とにかく賊を追おうと裏門へと向かった。縁先から雨の中へ飛び出し塀づたいに裏手へ回ると、たしかに小さな門があった。かんぬきがはずれて、少し開いたままになっている。赤檮は外へ出てみたが、暗闇の中で何も見えない。土砂降りの雨に打たれて、ただ立ち尽くした。

崇峻大王が殺害されたことは、赤檮によってすぐに蘇我馬子に報告された。

「その者が大王を殺害したのか」

「おそらく。坂上駒が宮の警護をする日を選んで侵入したと思われます。弟山を通じて駒を引き入れたのではないかと」

「駒が逃げたのは判るが、河上娘の姿がないのはどうしたことじゃ」

「それは判りませぬが、顔を見られたならば生かしてはおけぬのでは」

「殺されたというのか！」

「申し訳ございませぬ。しかしそれもあり得るのでは」

馬子は両の手を固く握りしめた。娘の河上娘までが巻き添えになったことに怒りが込み上げた。

「すぐにその者と駒を捕らえよ！　弟山も同罪じゃ。捕縛して手を下した者の身元を明らかにせよ！」

赤檮が姿を消したあと、馬子は夜具の上に座り込んだ。まだ夜明け前の暗がりであったが、すでに雨は上がったらしく気がつけば静寂があたりを取り巻いている。

（落ち着け。次は何をすれば良いか考えよ）

目を閉じて、馬子は自分に語りかけた。

（大王が死去したとなれば、次の大王を誰にするか。彦人大兄王はもう無理であろう。炊屋姫様のお心は竹田王であろうが、まだ若すぎよう。いずれにしろ炊屋姫様にご相談するしかあるまい。それと任那の復興はどうする。このまま援軍を派遣するべきか、あるいは中止するか。今中止すれば半島の我が軍は混乱を極めるだろう。準備の出来ている援軍は派遣して、我が方に有利な形で戦況を維持することが得策かもしれぬ）

様々に打つ手を考えているうちに夜が明けて、外が明るくなってきた。馬子は家臣を呼ぶと、宮を警護するために兵を出す準備をさせた。

「すぐに宮へ参る。炊屋姫様にもお知らせせよ」

何者かに大王が殺害されたことを木簡にしたためて、炊屋姫のもとへ届けさせた。

捕らえられた弟山の口から、大王を殺害した者が判明した。

新羅の間諜で迦摩多（かまた）という名であるという。弟山や駒ら新羅系の一族と近しい生まれのために、それを縁にして以前から倭国の内情を探っていたらしい。

「今の大王を殺して他の大王に代われば、倭国と新羅の争いもなくなり、半島にいる我らの一族も苦しまずに済むと言われたのじゃ」

打ちすえられた弟山は苦しげに自白した。

「迦摩多と駒はどこへ逃げた」

「やつらがどう相談したかは知らぬ。我は宮を警護する駒に話をつないだだけじゃ」

「しかしどちらにしろ大王を殺す大罪に加担したのだ。死罪になるのは間違いなかろう」

赤檮が冷たくそう言った。

迦摩多の足取りは全くつかめなかったが、十日ほどして生駒山の山中で坂上駒が捕らえられた。殺されたと思われた河上娘も生きて発見された。

「顔を見られたゆえ殺すように迦摩多に言われましたが、幼い頃から知っている姫を殺すに忍びず、山中で密かに身を隠しておりました。迦摩多が国に戻ったあと姫を宮へ帰して、我は逃げようと思うたのです。姫には手出しはしておりませぬ。迦摩多とは宮を出てすぐに別れましたゆえ、どこへ行ったかは知りませぬが、すぐに新羅へ帰ると申しておりました」

坂上駒は泣きながらそう訴えた。

報告を受けた馬子は、弟山と駒を死罪にするよう命じた。また河上娘は蘇我の屋敷に引き取り養生させることにした。

桜井の辻に弟山と駒の死骸がさらされて、都の人々には大王の死は二人の仕業と言いふらされたが、それでも新羅人が殺したという真実は密やかに知れ渡った。

「我がもう少し早く大臣に伝えておれば、このようなことにならなんだかもしれぬ」

厩戸は悔やんだが、悔いても仕方のないことであった。妻の刀自古は慰めるつもりで言った。

「もしかしたら父はすでに知っておったのかもしれませんよ。あの父が大した手も打たずにいたのは、あるいは何かしら考えがあってのことではございませぬか」

刀自古の言葉に厩戸は驚いた。

「知っていて大王が殺されるのを待っていたというのか」

「いいえ、殺されるとまで思ったかどうか。女人の私には判りませぬが、深い考えのある父のことですから。あなた様がそう悲嘆されずとも良いのではと思うのです」

たしかに大王と大臣は半島への出兵などで対立していた。それをやめさせるために、あえて危険を見逃したというのか。黒雲が渦巻くように胸の内に広がるのを感じて、厩戸は不快な吐き気を覚えた。

「妹の河上が無事で、私は安堵いたしました。もう落ち着いたころでしょうから一度見舞いに行ってやらねば」

刀自古の言葉も厩戸の耳には届かない様子である。それも構わないといった素振りで上宮の縁先に立った刀自古は、

「次の大王はどなたでしょうね」

と遠くを眺めてつぶやいた。

「つつがなく決まると良いのですが。またひと騒ぎあるかもしれませんね」

振り向きつつ、刀自古は厩戸に微笑んだ。何か恐ろしいものを見るように、厩戸は刀自古を見上げた。


藤原不比等は、読みふけっていた国記の草稿から顔を上げた。

眉間に指を当て、疲れた目の周囲を揉(も)んでいると、三千代が声をかけた。

「あまり灯火の下で読むと目を悪くしますよ。今宵はそのあたりにしては」

「そうじゃな」

不比等はそう言って国記を置いた。

「厩戸皇子様は、いかがなりましたか」

「まだ皇太子にもなっておらぬ。倉梯の大王が殺されたあたりを読んでいたが……」

不比等の顔が、どこか不満そうであるのを三千代は察した。

「倉梯の大王というと、炊屋姫様の前の大王でございますね。たしか新羅の者に殺(あや)められたと聞いたことがありますが」

「ほう、よう知っておるな」

「大王が殺められたというのは珍しゅうございましょう。それで存じておるだけで、詳しいことは」

不比等は今読んでいたあらましを三千代に説明した。

「そういう経緯(いきさつ)があったのですか。新羅との戦も、おぼろげながら聞いたことがありますが知らぬことばかりで。やはり浄御原の帝が仰せられたとおり、しっかりとした国記を書き残すことは大切でございますね」

納得してそう話す三千代を不比等は眺めていたが、

「ただこれをそのまま残しても良いものか、他国の者に大王が殺されたとは国として恥ずべき事ではなかろうか」

と腕を組み直した。

「それでご不満顔をされておるのですね」

笑いながら言う三千代に多少の苛立ちを感じつつ、不比等は独り言のように言った。

「古(いにしえ)からの出来事を記すことは国を治める朝廷にとって大切なことだが、恥ずべき事まで残すのは国や朝廷にとって必要なことだろうか。かえって民の信を失い、害をなすことになるのではないかと思うてな」

しばらく二人が沈黙したために、庭で鳴いている虫の声が部屋の内に聞こえてきた。

「鈴虫が、良い声を」

ふと三千代が言った。耳を傾けて視線を戸外へと向けた。

「秋の虫も様々な声で鳴いておりますが、やはり鈴虫の声が一番趣のあるように聞こえますね」

そう言ってからまた三千代は黙った。不比等はそれが何か意味のあることなのか、国記のことを示唆しているのかとも思ったが判らず、そのまま黙って虫の声に聞き入った。

「あなた様が都合が悪いとお考えならば、そのままを書き残すことはないのではありませんか」

やがて三千代が静かにそう言った。

「国記を記すのも、先々この国が栄えていくのに役立つと考えるゆえでございましょう。乱れた国に国記だけが残っても仕方がありませぬ」

「そう思うか」

「はい」

「美しい声だけが残れば良いということじゃな」

「私はそのようなことは申しておりませぬ」

言いながら三千代は笑った。

結局、不比等は崇峻天皇の死に様を書き換えることにした。

新羅の間者に殺されたのを伏せて、蘇我馬子が東漢氏の駒に命じて殺させたように手を入れた。

(我が父、鎌足が蘇我入鹿を討ったと同じく、天皇への朝貢と偽り、それを殺害の場にしよう。さすれば蘇我の討たれたことも因果のあることと人は思うであろう)

範となるべき厩戸皇子を作り上げる作業が、思わぬ方向へ進んだ形となったが、これもやむを得ぬことだと不比等は自分を納得させた。

(浄御原の帝は壬申の戦いを勝利し、新たなこの国を築き上げようとされていた。我が国の民だけでなく、唐や新羅にも恥じぬ威厳を持った国の形を完成させねばならぬ。今一歩のところまで来ておるのだ)

不比等は再び国記の中へと入っていった。

九

崇峻大王が殺害されたあと、次の大王を誰にするかで群臣らの意見が分かれた。

欽明大王の子であった敏達、用明、崇峻の兄弟が順に大王を継いだが、ここに至って他に男子がいなくなった。この兄弟の子の代では押坂彦人王、竹田王、厩戸王らがいるが、年長の彦人王は失明し、竹田王らはまだ年が若い。

「目は見えずとも、もともと日嗣御子であった彦人王様を立てるべきであろう。我らがお支えすれば大王として何ら支障は無かろう」

「いや、目のことだけでなく、あれ以来お気鬱になり塞ぎ込んでおられると聞く。そのような御方に、この新羅との戦の最中(さなか)に大王としてご判断を仰ぐことができようか」

宮では群臣らが様々に意見を唱えて、まとまらないままに日が流れた。

半島へ渡った兵たちが動揺しないように、新たに集められた一万の兵は予定通り難波王に率いられて筑紫へ向かった。

蘇我馬子は炊屋姫の後宮を訪ねて、どうすべきかを相談した。

「男子ということならば、彦人王の腹違いの弟になる難波王様が、年も三十を過ぎたところで適任ではありましょうが、母が春日氏ということであの小泊瀬（おはつせ）の大王と同じになり、皆はあまり望んではおらぬと思われまする」

馬子はそう言って炊屋姫の顔をうかがった。

「小泊瀬の大王というは、あの悪逆非道を尽くした御方か」

炊屋姫もその話は知っている。のちに武烈天皇と呼ばれるその大王は、妊婦の腹を割いて胎児を取り出したり、木に登らせた人を弓で射落として殺したりと非道を行って民を苦しめた。そのために子が生まれず、遠く近江から次の大王を迎えることになった。のちに継体と呼ばれる天皇である。

「春日氏はそのような因縁があるゆえ、難波王様や弟の春日王様を推す者はございませぬ」

「それで大臣は、どうしたいのです」

「男子ならば竹田王様でございましょうが、まだお若いゆえ、それまでの間を炊屋姫様にお立ちいただきたいと思うのです」

「なんと、女人の私に大王になれと言うのか」

「はい。ただの女人ならば拒む者もおりましょうが、今の大王家では炊屋姫様のご威光の重さを知らぬ者はございませぬ。大王になられたとしても異を唱える者はおらぬものと」

「竹田が壮年になるまで、あと十年ほど。その間、私が重荷を担えるかどうか」

「我らがお支えしますゆえ、なにとぞ」

深く頭を下げる馬子を見つめながら、炊屋姫は腹中に熱く燃えるものを感じた。兄弟たちが次々と大王になるのを、どこか悔しい思いで見つめてきた。腹違いの兄の后にはなったものの十数年でその華やかな時は過ぎ、以後はこの後宮で静かに暮らすだけの日々である。四十に近い年齢にはなっていたが、まだまだ壮健で、自分が大王になっていたなら弟たちのように早々と大王が交代することもなかったろうと思えた。

「判りました。ただすぐには承知したと言えぬので、そなたが皆を説き伏せてからにしましょう。新たに宮も造らねばならぬが、どこが良いものか」

「今、新たな寺が出来つつある飛鳥はこの先、人も集まり栄えていくものと思われます。蘇我の持つ地も多うございますので、宮を造るには都合が良いかと」

「なるほど。一度見に出かけて私が決めましょう。楽しみになってきました」

炊屋姫は嬉しそうに微笑した。

馬子の調整によって群臣らは炊屋姫の即位に同意した。

竹田王が成長するのを待つ十年ほどの間ということで、皆も納得しやすかったと言える。炊屋姫は自ら飛鳥あたりを回って、宮を置く場所を選んだ。当初は新しい宮を建てるつもりであったが、そのうちに炊屋姫の気が変わった。

「法興寺の建築も途上であるのに、また新たに宮を造るのは大いに負担となるでしょう。いずれ竹田が即位すれば新たな場所へ宮を造ることになるゆえ、私はささやかな宮で結構です」

そう言って見回った炊屋姫の目に留まったのは、蘇我氏の豊浦屋敷であった。馬子の父、稲目の屋敷であるが使われず荒れていたのを、善信らが帰国してから手を入れて尼たちの住まいにしていた。敷地は広大であるために宮にしても十分な広さはある。主殿はまだ使えるし、足りない建物くらいは新たに造っても大きな負担にはならない。炊屋姫はここを宮とすることにした。

馬子からそのことを告げられて厩戸王は驚いた。

「それで善信たちはどこへやるのだ」

「しばらくは石川の屋敷へ移そうと思っておりますが」

馬子は少々決まりが悪そうな顔をした。豊浦と石川は近いものの、法興寺からは遠くなり通うには負担が増える。

「それならば法興寺近くに僧房を建ててやるほうが良くはないか。これから毎日のように通わねばならぬであろう」

「そうでございますな」

馬子は渋い顔をした。法興寺の工事が遅れ気味で、さらに新たに僧房を建てるというのは気の重いことであった。

「そうじゃ、我が父の別業が法興寺の南にあったはず。あそこを僧房にできぬか」

厩戸は自分の思いつきに手を打った。

「あそこならば法興寺も近いゆえ通いやすい。尼だけならさほど大きな屋敷でなくとも十分であろう。その程度のことなら大臣を煩わせずとも我が差配しよう」

「それはありがたいことにございます。では厩戸王様にお任せいたしましょう」

申し訳なさそうに、しかし安堵して馬子は頭を下げた。


十二月に入ってようやく準備も整い、炊屋姫は豊浦宮(とゆらのみや)で即位した。後の世に推古天皇と呼ばれることになる、我が国で最初の女性天皇である。

このころには法興寺の講堂も出来上がり、仏法を学ぶ者たちのための講義が始まっていた。厩戸王も毎日休むことなく上宮から通って、百済の僧たちの講義を聴いた。

「寒い中ですのに熱心にお通いですね」

この日も早朝からやってきた厩戸に、講堂の前に積もる雪を掃いていた善信が声をかけた。

「そなたも朝早くからご苦労なことだ」

「おかげさまで近くに僧房を見つけていただきましたので、苦労はございませんわ」

白い息を吐いて善信は笑った。箒(ほうき)を持つ両手が朝日を受けて、透き通るように白く見えた。

「粗末な僧房で申し訳ないが、なんぞ不都合はないか」

「粗末どころか、我らには十分でございます。豊浦の屋敷は広すぎて、持て余しておりましたので助かりました」

それを聞いて厩戸も笑った。

「年が明ければ金堂と塔の建築も始まるそうじゃ。ますます立派な寺になるであろう。ゆくゆくはここを範として各地に寺を建て、ここで学んだ者たちがその寺で仏法の教えを広めることになる。そなたらが先駆けとして力を尽くしたおかげじゃ」

「我らとてまだまだ学び始めたところにございます。おそらく一生かけて学ぶことになると思いまする」

「もう仏法への疑いは解けたのかな」

「そのようなことも、昔は申しましたね」

そう言うと善信は視線を遠く移した。その先には飛鳥の南の山々が、雪で覆われて白く連なっている。

「あのころよりは随分と迷いが無くなりました。というよりも封じ込めたと言った方が良いかもしれませぬ。とても理で説いて判るものではありませぬゆえ、信じ込むことこそ仏心に近づく道だと思うのです」

「理で説いて判るものではないのか」

善信の横顔を見つめながら、厩戸はつぶやいた。

「このようなことを言うと、これから学ぼうとする方々を迷わせることになりますが」

善信の吐いた白い息が、淡く立ち昇って消えた。そのとき、雪の道をやってくる学生（がくしょう）たちの姿が見えた。善信は小さく頭を下げ、また箒を動かし始めた。


即位した推古大王は、任那復興のために渡海していた将軍らに新羅と和睦するよう命じた。これまで占拠した河東（ハドン）から晋州（チンジュ）あたりまでを任那の地として認めさせた。筑紫に難波王が率いる一万の兵が集結し、渡海の準備を進めていることも新羅への圧力となった。

新羅の真平王は悔しがったが、側にいる美室（ミシル）は笑みを浮かべた。

「あれしきの土地など今は構いませぬ。いずれ様子をうかがってまた取り戻せば良いこと。無駄に戦をしても国力が衰えるだけでございます。それよりも百済や高句麗に攻め込む隙を見せてはなりませぬ」

「倭国では新たに女の大王が立ったそうだが、もう戦は仕掛けて来ぬであろうか」

「どうでしょうか。女といっても様々ですから、血の気の多い女もおりましょう。歯向こうて来るようなら、また刺客を送るまでのこと」

「あるいは女のほうが血を見るのが好きかもしれぬな」

「何を今さら」

美室は扇を揺らして顔を隠しつつ笑った。

真平王の約五十年の治世は、この美室が璽主（セジュ）として君臨し、そのあと初の女帝である善徳女王が即位、さらに真徳女王と新羅でも女帝の時代が続くことになる。


取り返した任那の地に守備の兵を残して、半数以上の兵は帰国した。

わずかな領地とはいえ、念願の任那の地を取り戻し決着したことで推古大王の信望は高まった。即位とともに竹田王を日嗣御子としたが、それも当然のこととして群臣らに受け入れられた。

新たな政は大臣の蘇我馬子が差配し、大連は空席のままとした。馬子の政策として仏法の導入を推し進めることになったが、これにより信仰の面だけでなく文化や技術の普及にも力を入れようという狙いがあった。

物部守屋の所領であった難波に四天王寺を建てることにし、また群臣らにも各々で寺を建てるよう促した。

「四天王とは何のことじゃ、大臣」

推古大王が尋ねると、馬子はうやうやしく頭を下げて答えた。

「仏法では、東西南北をそれぞれ守る四体の仏がおるそうにございます。持国天、広目天、増長天、多聞天でしたか、これらは帝釈天に仕えて四方の安寧に力を尽くすのが務めとのこと。国の内外を見張るには難波は良い場所かと思われまする。そこに四天王を祀る寺を建てて、国の安泰を図ろうと思いまする」

「なるほどのう。それは良い考えじゃ。外敵だけでなく病も入らぬようになれば良いが」

「いずれ各地にも寺を建てることになりますれば、災いも少のうなるに違いありませぬ」

「竹田が大王になる前に、できるだけの形は整えてやりたいものじゃ。次の宮も決めておいたほうが良いかもしれぬ」

「それはいかがでございましょう。ご自分のお考えをお持ちの方ですから、竹田王様が自らお決めになったほうが」

「それもそうじゃな。妃のことも倉梯の大王の娘で良いのかと思うが、本人が他に求めようとせぬものを無理強いもできぬゆえ、そのままにしておるが」

竹田王の妃には、殺害された崇峻大王の娘、錦代王（にしきて）がいる。後ろ盾のなくなった娘を妃にしていても得るものはない。

「いや、逆に考えますれば、竹田王様に力を及ぼす者がいないということで、ご本人には好都合かもしれませぬぞ。倉梯の大王は大伴に焚きつけられて出兵をお決めになったところもございましょう」

「そなたに娘がおれば妃にするのじゃが。もうおらぬのか」

馬子の娘二人は、厩戸王と崇峻大王の嬪となっている。崇峻殺害後に屋敷に戻った河上娘を竹田王の妃にするわけにもいかない。

「もう一人おりますが生まれたばかりの幼女にて、まだ先十年はかかるかと」

「そうか。十年先なら即位したあとで竹田の妃にしても良いかもしれぬが」

「それは誠にありがたきことにございます」

この娘、法提郎媛（ほてのいらつめ）はのちに舒明大王の妃となる。

「そういえば我が娘の菟道貝蛸（うじのかいだこ）が、誰とも縁づくのを承知せなんだが、竹田の申すところではどうやら厩戸王に懸想しておるらしい。すでに二十歳も越えておるゆえ誰ぞに縁づかせたいと思うのだが。厩戸にはそなたの娘が嬪となっておろう。大臣が承知してくれるなら事を進めようと竹田には言っておいたが、いかがであろうな」

「それはもう何の異もございませぬ。我が娘は嬪として仕えておるだけで、王家の方が妃となるのは当然のこと。姫様が懸想されておるのなら、なおのこと縁を結んでくだされませ」

馬子は笑みを作って言った。

「そうか、それなら安心じゃ。我の強い子供ばかりで困ったものだが、誰に似たのであろうな」

推古大王の言葉に、馬子は今度は本当の笑みを浮かべた。

四月に入ったころ、推古大王は薬草狩りを催した。

野に育った若い薬草を収穫するのを名目に、朝廷に仕える者たちの気晴らしも目的の一つである。また王族の者も参加させて、親睦を深めようという狙いもあった。

百人ほどの一行が宮を出て、飛鳥川に沿って北へ向かった。あらかじめ下見をさせて、薬草のある場所は見つけてある。大王を始めとして十人ほどの王族の女性は輿を使い、竹田王や厩戸王、さらには蘇我馬子ら身分の高い男性は馬に乗った。そのほかの宮人や下人たちは徒歩で従った。初夏のさわやかな風に吹かれながら、一刻半ほど歩いて目的の場所へ着いた。飛鳥川が大和川へと合流するあたりの草原である。

一行は用意された場所に、大王を中心にして座を取った。青葉の大木が陰をつくって、ゆるやかな川風が心地よく通り抜ける。

「良いところじゃ。ここはどの辺りじゃ」

「あれに流れるのが大和川で、向こう岸は斑鳩と申す場所にございます。大和川に沿って西へ向かえば生駒の山を越えて河内国へ出まする」

側に控えている蘇我馬子が答えた。

「この辺りに宮を造るのも良いのではないか」

大王は、まだ立ったままで座ろうとしない竹田王に声をかけた。

「これほど大河に近いと、大水のときに水に浸かりましょう。大王が軽々なことを申されますな」

竹田王はそう言うと再び馬にまたがった。

「もうしばらく辺りを駆けて参ります。厩戸、行こう」

竹田王は厩戸を誘うと、待ちきれぬように馬の胴を締めた。厩戸も慌てて馬に乗り、そのあとを追った。

「落ち着きのないことじゃ」

二人の姿を見送りつつ、大王が笑みを浮かべた。

「行列に合わせて馬を歩ませて来たので、物足りなく思われたのでしょう。若い者は、じっとしておることに耐えられぬゆえ仕方がございませぬ」

馬子も笑って答えた。

しばしの休息のあと、宮人や下人たちは薬草取りに草原へ散らばった。大王の周囲には王族の女人らが残った。

「穴穂部間人（あなほべのはしひと）は近ごろ何をしているのです。あまり姿を見せぬが」

大王は少し離れたところにいる穴穂部間人に声をかけた。

「こちらにお寄りなさい。久しぶりに話でもしましょう。母は違えど我らは姉妹。その母同士もまた姉妹ゆえ、我らも本当の姉妹のようなものじゃ。ここに椅子を」

女官が大王の横に椅子を置くと、穴穂部間人は仕方がないといった様子で座った。

「本当にお久しぶりですね。こうしてお近くでお話ししますのは」

推古大王は今年四十歳になるが、穴穂部はそれより二つほど年若である。

「毎日、何もせず池を眺めて暮らしておりますわ」

「兄上が亡くなってから、もう七年にもなろうか。池辺双槻宮（いけべのなみつきのみや）は良い場所にあるゆえ、静かに暮らすには良いのではないですか」

穴穂部間人は推古の兄、用明大王の后であった。用明は即位後一年半あまりで病死した。

「静かすぎて時が止まったような毎日にございます」

その答えに推古は笑った。姉妹ゆえの遠慮のない会話が心地よかった。

「ときには宮へ来て、話し相手にでもなってくれたら良いのに」

「用もないのに大王様の側で無駄な話もできませぬ。さぞお忙しいでしょうに邪魔になるだけですわ」

「そんなことはありませんよ。話の中から何か役立つことも思いつくかもしれぬでしょう。ねえ、大臣」

「はい、太后様ですから宮へお出でになるに何の障(さわ)りもございませぬ。いつでもお越しくださいませ」

「ではよほど暇なときに、気が向いたらお邪魔するかもしれませぬ」

そう言って二人の女人は笑った。そのあと大王は穴穂部の耳元に顔を近づけてささやいた。

「ところで、わが娘の菟道貝蛸がそなたの息子の厩戸に懸想しておるようでな。どうであろう。厩戸の妃にしてはもらえぬか」

「えっ、厩戸の」

そう言ってから穴穂部は馬子を見た。

「大臣はすでに承知しておる。あとはそなたと厩戸が承知すれば良いだけじゃ」

穴穂部は少し考えたが、やや離れたところで他の王族の女人と語らう菟道貝蛸を眺めつつ言った。

「判りました。いずれ王族の誰かとは縁を結ばねばならぬと考えておりましたので、大王様の姫なら何の不足もございませんわ」

「それは良かった。竹田が申すには厩戸も好意を持っておるらしいゆえ、難なくまとまるでしょう。我らの縁もいっそう強くなるというものじゃ」

視線が自分に向けられていることに気づいたのか、菟道貝蛸が二人を見て首をかしげた。その様子に大王は笑みを浮かべて、手にしていた扇を揺らした。

同じころ、竹田王と厩戸王は馬を飛ばして大和川のほとりまでたどり着いた。

見渡す限りの草原の中に広々とした大河が横たわり、平地を南北に分けている。水量もかなりあって、馬で渡ることは難しそうである。わずかに小高く堤が築いてはあるが、大水のときには田畑を守れそうにない。

「この先は橋でも架けぬ限りは、とても行けそうにないな」

堤の上に馬で上った竹田王が対岸を眺めて言った。北方からも川筋が合流して、この辺りから大和川は一層幅広くなっている。

「これが大和の北の端でしょうか」

あとからついて堤に上った厩戸がそう尋ねた。

「いや、国の境はあの山であろう。山の向こうが山背のはずじゃ」

竹田はそう言って北に連なる山を、あごで示した。

「この辺りの民の中には、川の向こうは死人の国だと恐れる者もおるらしい。川筋がうねっておるゆえ、大水のたびに淵に死人が流れ着くのだろう。一度見てみたいと思って来たが、何ということもないただの川じゃ」

「死人の国、ですか」

厩戸は周囲を見渡しながら、そうつぶやいた。

「そんなことで怖がっていては切りがないわ。物部との戦では死んだ者が山のように積まれておった。次に戦があれば我らが先頭に立たねばならぬ。そなたも心しておくことだ」

「新羅との戦はもう終わったのでしょう。次の戦はどこで」

「それは判らぬ。新羅とてこのまま黙っておるとも思えぬ。何度も我が国を欺いてきたからな」

竹田は堤上を馬で進みながら言った。

「いずれここにも橋を架けてやろう。民が行き来できるようになれば、死人の国などと恐れるともなくなろう」

初夏の風が吹き渡り、一面が草色に染まる対岸を厩戸は見つめた。死人の国というよりは、仏法でいう極楽浄土のようにも思えた。行きたくても容易には行けぬ場所。

「斑鳩(いかるが)か」

独り言でそうつぶやいてみた。

「そう言えば、そなたと姉上のことを大王に伝えておいたゆえ、今ごろそなたの母と相談しておるかもしれぬぞ」

「えっ、姉上というと菟道のことですか。我と何の」

「ごまかすな。姉上はそなたに懸想しておる。そなたも同じであろう。両想いであれば縁を結べば良い」

「そのようなことは……」

「ないと申すのか。嫌ならば無かったことにするが、良いか」

厩戸は何も言えずに黙った。

「我は焦(じ)れるのが嫌いでな。双方で近づきたいのに近づけぬのを見ているのが我慢ならぬのじゃ。そなたも誰ぞに言われぬと想いを遂げられぬままであろう。黙って承知すれば良いのじゃ」

厩戸は突然のことで大いに戸惑ったが、

「……はい、承知しました」

と答えた。

「それでよい。我はこの先、日嗣御子として大王を助け、政を進めていくことになりそうじゃ。そなたの力も借りねばならぬこともあろう。今は従兄弟同士だが、姉上と縁を結べば義兄弟になる。王族の中で結束を固めて朝廷を支えていこうではないか」

「そうですね。それに異存はありませぬ」

「よし、これからは我らは真の兄弟の如く、助け合っていこう」

「はい」

二人は堤の上で笑みを交わした。心地よい風が両者の上を吹き渡った。


三ヶ月ほどして、菟道貝蛸王は厩戸王の妃となった。

厩戸は上宮で菟道と一緒に暮らすことにしたため、嬪の刀自古郎女は子供の山背王をつれて蘇我の家へ帰ることになった。この時代は夫婦が同居するほうが珍しく、大半はそれぞれの実家で暮らすのが定形であるが、二人を蘇我屋敷へやることに厩戸の心は痛んだ。

「上宮は手狭であるゆえ仕方がないが、いずれ広い屋敷を造ったときには皆で暮らそうと思う。

それまで辛抱してほしい」

「承知しました。ここよりは蘇我の屋敷のほうが広々として、助けの手もありましょうで楽に暮らせますわ。山背もあちらのほうが楽しいかと」

厩戸の言葉に、刀自古は表情を変えずにそう言った。内心は不満があるのだろうと感じられた。四歳になる山背王には事情が判るはずもなく、遊び相手の多い蘇我屋敷へ行くのを喜んだ。馬子にも山背王と同じほどの年齢の息子、善徳(ぜんとこ)、蝦夷(えみし)がいる。

刀自古と山背王が去ったあと、数日して菟道貝蛸王が上宮へやってきた。

「刀自古様には申し訳のないことでした。一緒に住んでも良いと思ったのですけど」

「いや、それは無理であろう。あとで困るよりは、今思い切って処した方が良い。ここは見ての通り手狭であるゆえな」

たしかにこの上宮は当初、用明大王の離宮として建てられたために、さほどの広さはない。それでも菟道が一人増えるくらいは何とかなると思えたが、厩戸には二人の女人と穏便に暮らしていく自信はなかった。

「蘇我から来た下女は刀自古に付いて帰ったゆえ、新たな者を入れねばならぬが」

「残りの者と私でやってみますわ。これでも家事は得意なのです。どうしても手が必要ならば我が屋敷の者を呼ぶこともできましょう」

そう言って菟道は笑った。上宮の内が心なしか明るくなったように感じた。

厩戸は早朝から法興寺へ通い、仏法の講義を聞き、昼過ぎには上宮へ戻るという生活を繰り返した。宮へ帰ると菟道が待っていて、講義で学んだことを聞かせるのが日課となった。菟道もまた興味深そうにその話を聞いた。いつの間にか厩戸は講義を聞きながら、これは菟道に話せば面白がるであろうと考えるようになっていた。そんな自分に気づいて可笑しくもあった。

講義が終わって帰り支度をしていた厩戸に善信が声をかけた。

「近ごろの厩戸王様は、何やら楽しそうでございますね」

どきりとして厩戸は内心うろたえたが、表に出さぬように取り繕った。

「そのように見えるか。別に何も変わったことはないが」

「妃様とお暮らしになっているのでは」

「そうかな。それよりも幼子が妻の実家へ戻って静かになり、清々しているせいかもしれぬ」

「ご自分の御子でも、そのように思われるのですか」

善信は少し淋しげな顔をした。

「すべての人を慈しむのが仏の道ですのに、ご自分の御子を疎んじるようではいけませんね」

「我が子であってもときには煩わしいものじゃ。そなたは子がないゆえ判らぬかもしれぬが」

つい勢いで厩戸は口を滑らせてしまった。善信は一瞬口ごもり顔を伏せたが、小さく息を吐いてから言った。

「厩戸王様はまだご自身が幼子のようなところがございますから、同じ幼子が疎ましく思えるのでしょう。もう少し身を入れて学ばねば、知識だけを増やしても何の意味も無いと思いますよ。まだお若いゆえ仕方のないことですが」

「若いと言っても、そなたも同じ年であろう」

　二人とも今年二十歳になったところである。

「私は百済まで行って学んで参りましたゆえ、同じ年月でも多少は違いましょう。私には子がないと言われましたが、すでに私どもの手によって受戒した者は十人を超えています。彼らは皆、我が子のようなもの。疎ましいなどと思ったことはございませんわ」

　善信らの帰国以来、受戒して僧や尼になった者は増え続けている。善信の兄の多須奈（たすな）も正式に出家して徳斉（とくさい）を名乗っている。

「判った。言われてみれば少々気が緩んでいたかもしれぬ。もう少し心を入れて精進しよう」

　観念したように厩戸は言った。

「王族の方々の中では、厩戸王様が仏法に最もご熱心でございましょう。それゆえ正しい道を進んで、この国に仏法を広めることに御力を尽くしていただきたいのです」

「そうじゃな。我の力が役立つならば、できる限りのことはしたいと思うておる」

「ご無礼を申しました。お許しくださいませ」

頭を下げる善信に、厩戸も軽く頭を下げてから講堂を出た。

厩戸の背中を善信は見送っていたが、その姿が消えたあと、善信の目に光るものがあった。

十

一年ほどが過ぎ、菟道貝蛸王は幸玉宮(さきたま)で男児を出産した。

厩戸にとっては山背王に次ぐ二人目の子である。通常なら他の氏族に養育を任せるのだが、自分で育てたいという菟道の願いを聞き入れて、上宮で育てることにした。

「名は何としようか」

厩戸の問いに、迷いなく菟道は答えた。

「ひと月ほど前に上宮から外を眺めていましたら、磐余(いわれ)の池に白鷺(しらさぎ)が舞い降りるのを見ました。湖面近くをゆっくりと滑るように飛んで。きっと遠くから来たのでしょう。まるでこの子が私のもとへ飛んできたような気がして、それで生まれたならば白鷺王と名付けようと思いました。いかがでございましょう」

「白鷺王か。美しい名じゃな。そなたが言うのなら異論はない」

「ありがとうございます」

満ち足りたように輝く顔で、菟道は微笑んだ。他の氏族に養育を任せると功績を表す意味で、その氏族の姓を子の名前とする場合が多いが、自ら育てるならばその必要もない。

「しかしそなたが育てると言っても助けは必要であろう。侍女を増やしたほうが良いのではないか」

「それならばこちらで賄い事をしている者に気立ての良い娘がおりますので、あの子に来てもらいましょう」

「竹田王様が困るであろう」

「弟たちは侍女のことなど気にかけておりませんわ」

菟道はそう言うと、さっそくその娘を呼んだ。十七歳ほどの小柄な娘で、膳部菩岐々美という名であった。人懐こそうな笑みを浮かべて厩戸と菟道に挨拶をした。

「急なことで申し訳ないのですが、そなたには上宮へ来て私の側で手助けをしてほしいのです。この子が生まれて何かと手がかかると思いますので、よろしく頼みます」

「承知いたしました。菟道様がいらっしゃらなくなって淋しゅう思っておりましたので、またお仕えできて嬉しゅうございます」

菩岐々美は嬉しそうにそう言ってから、

「あ、厩戸王様にもお仕えできて嬉しゅうございます」

と思いついたように慌てて言い添えた。

「付け足しのようじゃな」

厩戸は思わず笑った。

「これがこの子の良いところにございますわ」

菟道も笑みを浮かべながら言った。

数日後、宮に双方の母親である推古大王と穴穂部間人王、さらには兄弟の竹田王、尾張王、田目王、来目王らが集まって、白鷺王の誕生を祝う宴を開いた。

「王族に新たな男子が生まれたことは喜ばしい限りです。厩戸は早くも二人目の男子が生まれて、竹田も急がねば遅れを取っておりますよ」

推古大王が冗談か本気か判らぬように言うと、竹田王はあきらめたように、

「少しは遠慮してくれぬと、こうやって母上に嫌(いや)みを言われるのだ。次は我の番ゆえ厩戸はしばらく控えてくれ」

と言って皆を笑わせた。

笑いが収まったあと、大王はまた続けた。

「私の次はこの竹田が大王となりますが、その後はここにいる若い王たちになるやもしれませぬ。それから皆の子たちの世代へと移っていきましょう。絶えぬように、また行状の正しき者が大王となるように、我ら王族は身を律していかねばなりませぬ。たとえ大王でない者も正しい心で大王を支えていくように、頼みましたよ」

その言葉に若い王たちは頭を下げた。

「母上が話すと座が固くなります。今日は厩戸様の子の誕生祝いですから、それくらいでもう良いでしょう。あとは酒宴としましょう」

尾張王が待ちきれないといった顔で酒壺を掲げた。

「そなたは少し酒を控えなさい。そんなに飲んでいると早死にしますよ」

大王に言われて尾張王が肩をすくめたので、また皆が笑った。大王は隣にいた穴穂部間人王に話しかけた。

「そなたの子たちは皆、妃がいるのですか」

「いえ、来目から下の兄弟はまだ妃がおりませぬ」

「そうか、早うに見つけぬと王族の女人は少のうなっておるからのう。我が娘の小墾田（おはりだ）や弓張（ゆみはり）

は押坂彦人と縁を結んだが、それきりでこの幸玉宮（さきたま）におる。あの子らを誰ぞの妃にしたいのだが、来目はどうじゃろうな」

「それでも押坂彦人王の妃でございましょう」

「あれはもう大王にもなれぬゆえ仕方がなかろう」

崇峻大王に目を傷つけられて視力を失い、大王になれぬ事になった押坂彦人王は人前に姿を見せることなく、ひっそりと暮らしている。数人の妻がいるが、敏達大王の娘で異母妹の糠手（ぬかで）王だけが同居している。穴穂部間人王としては弟の崇峻がしでかしたことでもあり、多少の後ろめたさもあった。

「来目が承知するならば、私に異存はございませぬが」

「そうか、まとまればまた目出度いことになるのう」

喜ぶ推古に、穴穂部は鋭い視線を向けた。

「たしか弓張王は彦人王の子を産んでおりましたね。小墾田王はどうでございますか」

「弓張は男子を二人生んでおるが、小墾田は子がない。娶るなら小墾田のほうが良いかもしれぬな」

大したことでもないような顔で言う推古を、穴穂部は内心憎々しく思ったが、その不満は胸中に押さえ込んで、

「近いうちに来目に聞いてみましょう」

と答えた。

そこへ菟道が白鷺王を抱いてやって来た。二人の前へ座ると赤子の顔を見せるように、身体を斜めにした。

「また顔が大きゅうなったのではないか」

「はい、乳をよう飲みますので。私だけでは足りずに侍女にももらっております。目が覚めたので、一度抱いてやってくださいませ」

菟道の手から渡された穴穂部は、久しぶりに抱く赤子に不思議な感覚を呼び起こされた。懐かしく愛おしく、胸が締めつけられるような思いであった。それを横で見ていた推古も同じ思いだったらしく、つぶやくように言った。

「女人とは不思議なものよ。いくら年を重ねても赤子を見ると、身体の内で何かが燃えるような気がする。先ほどまで険しかった穴穂部の顔も、柔和な母の顔になっておるわ。そうではないか」

「この匂いがそうさせるのでは」

穴穂部は少し上気したように頬を染めて、顔を近づけると赤子の匂いを嗅いだ。

「また子が欲しゅうなったであろう」

推古がそう冗談を言うと、穴穂部が笑った。

「まさかこの年で。人が笑いまする。このように孫ができてはのう」

そう赤子に語りかけるように言った。女たちが笑い合うその様子を、離れた末席近くから厩戸の兄の田目王が見つめていた。


法興寺の金堂と塔の建築は順調に進み、講堂の南に大きな建物が姿を現わした。

難波では四天王寺の工事も始まり、また有力氏族の中にも一族の寺を建てる者が出てきた。

朝廷が仏法を推進していることが明らかになると、都の若者たちの中からも進んで仏法を学ぼうとする者が増え始めた。必ずしも僧になるためということではなく、まずは文字の読み書きを習い、さらには百済、新羅、高句麗の書物を読んで知識を得るという目的の者たちもいた。

この日、講義の終わったころ、蘇我馬子が長子の善徳を連れて法興寺を訪れた。善徳はまだ十歳になろうかという年齢である。馬子には厩戸の嬪となった刀自古、崇峻の嬪となった河上があり、やや離れて男子の善徳、蝦夷、倉麻呂、そして娘の法提が生まれたばかりである。

「この善徳もそろそろ仏法を学ばせようと思いましてな。すでに読み書きなどは屋敷のほうで学んでおりますが、それ以上のことはこちらの僧師にお願いせねば」

馬子はそう言って善徳の頭をなでた。

厩戸とは何度か顔を合わせたこともあり、善徳は嬉しそうな恥ずかしそうな顔で、厩戸を見上げた。

「しばらく見ぬ間に大きゅうなったな。仏法を学ぶとは感心なことじゃ」

厩戸も嬉しそうに腰をかがめて声をかけた。

「今、恵宿(えしゅく)僧師の講義が終わったところじゃ。まだ奥におられよう」

「そうですか、それでは挨拶を」

馬子が歩き出そうとしたところへ、その恵宿が奥から姿を現わした。

「これは蘇我大臣様。今、声が聞こえましたのでな」

恵宿は流ちょうな倭言葉で話した。

この法興寺を建てるために寺匠らとともに百済より派遣され、すでに六年。数名の僧とともに交代で講義をしている。馬子は善徳を学ばせたいと告げて、恵宿もそれを歓迎した。

「今や多くの若者が学んでおりますのでな、大臣様の御子たちも学ばれると良いでしょう。きっと先々役に立つはずです」

「当今の若者はどうですかな。見込みはありましょうや」

「皆、よう学んでおりまする。こう申しては失礼かもしれませぬが、力のない氏族の子弟ほど熱心でございます。おそらく学問を身につけて、朝廷で高い位に就きたいと思うのでございましょう。それはともかくとして、学問をするということは深く考えて知恵をつける助けとなりますので、近いうちに優秀な者たちが出て朝廷のお役に立てるかと」

「ほう、そのような若者がおりますか」

「はい。今日も来ておりましたが小野妹子という者は、韓や隋の言葉を自国の言葉のように達者に話します。またすでに出家して僧名を旻と申しますが、仏法のことを誰よりも深く理解しております。ほかにも南淵請安、高向玄理など優れた学者になりそうな若者もおります。この先どのような活躍をするか楽しみでございます」

恵宿は嬉しそうに話していたが、

「そうそう、この厩戸王様も大変ご熱心で、講義を休まれることがほとんどございませぬ。先々よい王族となられましょう」

と付け加えた。

「厩戸王様には王族として仏法の興隆に御力を尽くしていただきたいと期待しておりますのでな。この善徳もそれをお支えする者にしようと思っております」

「それはますます楽しみなこと」

恵宿はそう言って、手を合わせて頭を下げた。恵宿が去ったあと、少し声を落として馬子は言った。

「この法興寺の完成に合わせて、さらに位の高い僧師を百済より迎えたいと考えておりまする。我が国の仏法の中心として尊ばれるように、他国に劣らぬ寺にしていかねば」

「たしかに海を渡らずとも、この飛鳥で十分に学ぶことができれば、さらに仏法が広まるに違いない」

「仏に向かって手を合わせるだけでも心が静まります。これが民にも行き渡れば、少しは国の内が鎮まることにもつながりましょう」

「そのためには仏像を作る者も育てねばならぬな」

　厩戸の言葉に馬子も大きくうなずいた。

「そのとおりでございます。仏像や仏画を制作する若者も今、石川の屋敷で学ばせておりまする。善信の兄の多須奈（たすな）が仏像作りをやっておりましたが、その子で止利（とり）という子供がなかなかの才があるようで、将来が楽しみだと申しておりまする」

「ほう、その子はいくつになる」

「まだ十歳をいくつか越えたところでございますが、あと十年もすれば、この寺の本尊も任せてみようと思うておりまする。できればこの国の者の手で作りたいと思いますのでな」

「それは良い考えじゃ」

　二人はそれぞれにこの寺の輝ける将来を心に描いて、自然と笑みを浮かべた。

「そういえば厩戸王様には御子が生まれたそうで、お目出度うございまする。御次男ということにございますな。それは良かった」

笑みを浮かべたまま、馬子は何度もうなずいた。

「生まれて間もない子は可愛いばかりにございましょうが、ときには刀自古も訪ねてやってくだされ。山背王様も利発に育って、我が息子たちと一緒に読み書きを学んでおられます」

「そうじゃな。しばらく生まれた赤子のことばかりで慌ただしかったが、これからはときおり訪ねることにしよう」

「それは山背王様も、さぞ喜ぶことでございましょう」

馬子は大きな目で厩戸を見つめると、一礼して去って行った。

厩戸は後ろめたさから、半月に一度ほどは石川の屋敷を訪れることにした。

妃の菟道貝蛸王もそれには賛成してくれた。翌年には刀自古にも新たな子ができ、馬子は大いに喜んだ。生まれた子は馬子の感激を表すかのように財王と名付けられた。

「山背王やこの財王が、いつか大王になるときが来るであろうか」

孫を抱きながら馬子はつぶやいた。

「どうでしょうね。蘇我の血でも近年は大王になったお方もおられますゆえ、無理ではないでしょうが。そのためにはまず厩戸王様が大王にならねば難しいのではございませんか」

財王をあやす父を、側で見つめていた刀自古が言った。

「厩戸王様が大王になるのは、この先あるかないか。まず竹田王様が即位されれば長く大王であられるであろう。同じ年頃の厩戸王様がその先に大王になることは……」

「竹田王様が長く在位されねば良いのですね。もしくは即位されなければ」

「そなたは何を」

馬子は驚いたように刀自古を見た。

「竹田王様に変事があったとしても弟の尾張王様がおるし、押坂彦人王様の弟王たちもおる。必ずしも厩戸王様というわけにもいくまい」

「戯れにございます。この子たちが大王になるには、よほどの事が起こらねば難しいということでございましょう」

刀自古は笑みを浮かべたが、その目は少しも笑っていなかった。

その示唆を得てから、馬子の心の中に厩戸王を大王にするという幻想が霧のようにかかった。推古大王の意向に沿うように竹田王を次の大王にと考えていたが、竹田王のあの性格からすれば、自分を重用せずに独断で事を進めることも十分にありそうである。厩戸王であれば従順に従うであろうし、我が孫でもある山背王、財王もいる。推古大王を裏切ることはできないが、その先のことを多少は考えておく必要があると馬子は思った。

即位してから四年、推古大王の治世は穏やかに過ぎた。新羅との戦に備えていた将軍たちも、この前年には筑紫から引き揚げてきた。以前と比べて小さい領土ながらも任那は復興した形となっている。

またこの冬、長く工事が続いた飛鳥の法興寺が完成した。五重の塔を囲んで三つの金堂が建てられ、その後ろには講堂と僧房まで備わった立派な寺院ができた。前年に馬子の招請によって慧慈、慧聡という二人の高僧が百済より来日し、法興寺で講義をすることになった。二人の住居も併設して完成した。

難波では四天王寺もほぼ完成していた。こちらは五重の塔と金堂が一つずつ、さらに講堂が一直線に並ぶ形で建てられた。ここでも僧のための講義が始まろうとしていた。

「いろいろと順調そうですね。結構なことです」

報告を聞いた推古大王は、満足げにうなずいた。側には日嗣御子の竹田王が立っている。

「難波からこの都まで、ますます人の往来が激しくなるでしょう。道造りと、それからこの都の形作りを急いだ方が良いかと思います」

竹田王は二十五歳になり、次の大王となる自覚も芽生えてきていた。自分が即位したときの国の形を思い描き、できることは今から着手したいと考えていた。

「いずれは宮も新たに造り、他国の使者が来ても恥ずかしくない都にしなくては」

「どこに宮を造るか、もう決めているのですか」

推古大王は嬉しそうな笑みを浮かべて聞いた。

「はい、雷丘の東あたりが良いかと思います。南には法興寺の塔がそびえて、あのあたりにさらに大きな建物を建てたなら、他国の者も驚く都が出来ましょう」

「なるほど、それは良い考えですね」

息子の成長ぶりを満足げに眺めて、推古はうなずいた。

このころはまだ隋の都の様子などは十分に伝わっておらず、後の時代のような碁盤目状の都の姿は竹田王も想像していない。宮や寺といった巨大な建造物を集めて、都の中心にしようと考えていた。

「難波からの道は、穴虫の峠道では荷運びに難渋しますゆえ、遠回りですが大和川沿いにした方が良いかと。今ある道を拡張して見栄えも良くするつもりです。また大和川を渡る橋を架けて、川の北側へも人々が気安く行けるようにせねば。いずれはこの大和の中央に宮を置き、周辺に人々が集まり暮らす都を造るときが来るでしょう」

夢見がちに語る竹田王を推古は見上げていたが、少々不安げに言った。

「都を大きくするのは結構ですが、人が集まれば流行病（はやりやまい）が出たときに広がるのも早いですよ。また次々と人が死ぬようなことは避けねば」

「そのために寺を建て仏法を盛んにしようというのです。災いも少なくなるに違いありませぬ」

「本当にそのような力があれば良いのですが」

「そのことは厩戸に任せてみようと思います。王族でもっとも熱心に仏法を学んでいるのは厩戸ですから」

竹田王はそう言うと、小さく頭を下げて退出した。

推古大王の了解を得て、まず竹田王は難波からの道の整備に着手した。

特に大和川沿いの細い道を拡張することから始めた。難波と大和を隔てる生駒山地と金剛山地の隙間を流れるのが大和川である。川の両岸の狭い平地部分に道はあるが、荷車が通れば道一杯という幅しかなく、すれ違うのに難渋していた。これを拡張しようというのであるが、すぐに山の斜面が迫っており、それを削って道にするのはなかなかの難工事であった。

年が明けた推古五年の一月末、竹田王は厩戸王とともに工事の視察に出かけた。まだ周辺には雪が残る寒々とした季節であったが、駆り出された民たちは懸命に山を削る作業をしていた。

「法興寺の完成を百済に知らせたところ、祝いの使者として百済王の長男が四月に来ると返事があった。そのときまでにこの難所だけでも広げておこうと思うてな。おそらく祝いの品などを荷車で運ぶことになろう」

竹田王は山際を見上げつつ、厩戸に言った。

「そうですか。それで工事を急いでいるのですね。たしかにこの川岸だけでも広げておけば難儀せずに済みましょう」

大和川の南岸に続く細道は、この辺りで次第に川面より高所に上がり、足を踏み外すと雑木の茂る中へと転落する。

「百済とて今は我らに味方しておるが、それは新羅、高句麗と戦うときに合力が欲しいゆえじゃ。王が代われば、その考えも変わるかもしれぬ。王の長男ならば次の王となる者に違いない。頼むに足らぬ国と思うたならば、これまでのような策はとらぬかもしれぬ。そのためにも侮(あなど)られてはならぬのじゃ」

寒風が川面から吹き上がるように通り抜けて、二人が羽織った毛皮の裾(すそ)を踊らせた。

竹田王は工事を監督する者に声をかけてから、

「寒うなった。どこぞで暖を取ろう」

と馬の向きを変え、来た道を引き返した。これほどまでに竹田王が政に熱心になったのを厩戸は意外に思いつつ、黙ってその後に従った。

しばらく山際を引き返すと視界が開けて、藁屋根の民家もいくつか建っている。その一つに入って二人は休息した。突然の王族の来訪に住人は驚いたが、竹田王が気を遣わずとも良いと言うと安堵した様子で、ちょうど囲炉裏で沸かしていた湯を二人に出した。

「ところでそなたの弟の来目と、我が妹の弓張が婚姻を結んだというが、あれで良かったのか」

粗末な碗の湯を口に運びつつ、竹田王は言った。どうやらこのことを言いたいがために今日は厩戸を誘ったようであった。

「大王様よりいただいたお話ですから、弟も承知したようです。小墾田王を選ぶかと思いましたが、弟は弓張王が良いと」

「弓張は彦人王の子を二人産んでおるが」

「そのあたりは気にならぬのでしょう。物静かな小墾田王より快活な弓張王のほうが気性も合うと言っておりました」

「そうか、それならば良いが。母が無理強いしたのではないかと思うてな」

「我が妻と姉妹ですから、それも喜んでおりました」

厩戸の言葉に竹田王は安堵したようだった。

「無理をしておらぬのなら良い。そなたにはこの先、我の助けをしてもらおうと思うておるゆえ、遺恨を残すようなことはしとうないのじゃ」

厩戸は無言のまま頭を下げた。

「法興寺の寺司は大臣の子の善徳に任せることにし、そなたにはもっと広く仏法を広める役目を担ってもらいたい。各地に寺を造ること、僧や尼を育成すること、仏法にまつわることを全てそなたが考え、疫病や災害を減らしてこの国の民が安んじて暮らせるようにな」

「そのような大役が我にできましょうや」

「そなたしかおらぬ」

竹田は厩戸の肩に手を置いて、目を見つめた。

二人が民家から出ると粉雪が舞っていた。曇り空の下、大和川の上流の方角は雪のせいか霞んで見えにくくなっている。

「この山間から出たあたりに大きな寺を造れば、他国の者たちも驚くのではないか」

「そうですね。川向こうに造れば、風景としても趣が出るように思いまする」

「なるほどな、趣か」

厩戸の言葉が面白かったらしく、雪の舞う風景を見つめながら竹田は笑った。

「いずれそなたが差配して寺を建ててくれ」

そう言って竹田は馬にまたがった。

三月の末になって百済王子の一行が筑紫を経て、難波の客館(むろつみ)に到着した。知らせによると、王子の阿佐(あさ)をはじめとして五十人ほどの使節だという。

「先年、我が国の木が仏像作りに適しておるか見てもらおうと、数本の木材を持ち帰らせました。百済の仏師がそれを使って数点の仏像を作り、このたび王子が持参したとのことにございます」

豊浦宮で蘇我馬子が大王に報告した。

「それはありがたきこと。わざわざ王子が参っただけでも過分に思うが、そのような心遣いまでとは、丁重にもてなさねばなりませんね」

「承知しております。すでに手配はできておりまする」

「阿佐王子はすでに五十近いと聞いたが、我よりも年上ということになるが真か」

「今の百済王が七十三歳だそうで、長男だとその年齢になるのも当然かと。即位されてもあまり先は長くないかもしれませぬな」

わずかに笑みを見せた馬子に、大王は黙ったままうなずいた。

「いかがいたしましょう。誰を使いにやって都まで先導させましょうや」

馬子がそう言ったとき、それまで黙して椅子に座っていた竹田王が口を開いた。

「我が参りましょう。わざわざ次の王が仏像を運んで来たというなら、こちらも我が出迎えるのが礼儀。先々の好（よしみ）を通じるのに好都合でしょう」

大王と馬子は少し驚いたように目線を交わしたが、やがて大王が言った。

「判りました。日嗣御子が出迎えるならば先方も満足するでしょう。見劣りせぬ人数で装いを仕立てて護衛をするように」

「承知いたしました。それではさっそく」

大王の言葉に馬子は頭を下げた。

四月一日、竹田王は八十人ほどの兵を従えて、百済使節を迎えに出た。

大和と河内の境を越え、石川の東岸で待っていると、西から五十人ほどの行列がやってくるのが見えた。難波の客館の宮人に先導されて、阿佐王が乗っている輿（こし）と、二十騎ほどの馬、あとは四台の荷車を引く者たちである。石川に架けた仮橋を、注意深く東岸へと渡った。

「ようお越しになりました。我は日嗣御子の竹田王と申しまする。大王の命によりお迎えに参上いたしました」

竹田王が馬から下りて挨拶をすると、阿佐王も輿から降りて応えた。

「日嗣御子様のわざわざの出迎え、感謝いたします。こたびは新しい寺の完成に際し、百済王より祝いの品を届けに参りました。両国の親交がますます深まることを願っております」

阿佐王は通事を介してそう挨拶した。

「難波にも見事な寺が出来ておりました。貴国の技術の高さには驚きました」

五十歳に近い年齢ではあるが、顔にはつやがあり、身のこなしにも高貴な品格が備わった人物である。筆のように整えられたあご髭が見事であった。

「それも貴国の匠たちの指揮に従って、工事を進めた成果にございます。感謝申し上げます。さあ、都まではまだ半ばというところ。先を急ぎましょう」

竹田の言葉にうなずいて、阿佐王はまた輿に戻った。

大和川に沿って行列は進み、山間（やまあい）の道へと入っていった。時刻は昼近く、日も中天にかかるころである。次第に昇り坂になり、左手の川岸がだんだんと見下ろすほどに低くなっていく。この冬に急ぎの工事で拡張した道は、荷車が十分に通れる幅になっていた。先を進んでいた竹田はそのことに満足しながら馬を進めていた。

そのとき先頭で警護していた途見赤檮（とみのいちい）が後ろを振り返って、右手の崖を見上げた。険しいその表情に異変を感じて、何事かと竹田も崖を見上げたとき、いくつかの巨石が斜面を落ちてくるのが見えた。そのまま落ちたなら、ちょうど崖下を通過している阿佐王の輿が巻き込まれる。

竹田は慌てて馬首を巡らせて、輿へと駆けつけようとした。

巨石が転がり落ちるのと、叫びながら竹田が駆け寄るのと、図ったかのように両者は合致した。

「お逃げくだされ！」

そう叫んで竹田が輿に取り付いたとき、落ちてきた巨石が竹田と輿を、まるごと川岸へと突き落とした。土煙の中、輿を担いでいた者たちも、続いて落ちてきた石に当たって倒れる者や川岸へ落下する者で混乱した。

「早うお助けするのじゃ！」

赤檮は叫んで川岸へと駆け下りたが、人の背で五人分ほどの高さを落下し、輿は屋根が裂けていた。助け出した阿佐王は頭部から出血し意識がなかった。竹田もまた輿と馬の下敷きになり、口から血を流していた。

竹田王を抱き起こしながら赤檮が崖を見上げたとき、逆光の中、数人の黒い人影が動くのが見えた。

十一

頭部を負傷した阿佐王は意識が戻ることなく、そのまま息を引き取った。従っていた百済の宮人たちが相談して、ただちに遺体は本国へと移送されることとなった。

竹田王は意識があったが胸部を押しつぶされたらしく、息をするのも苦しそうであった。幸（さき）玉宮（たま）まで運ばれて寝かされたものの、もはや手の施しようがなかった。推古大王、蘇我馬子のほか厩戸王も駆けつけて竹田王に声をかけた。

苦しい息の下で竹田は大王に言った。

「このようなことになり、申し訳ございませぬ……。もはや母上をお助けすることは叶いませぬが、我のあとは厩戸にお命じくだされ。きっと我の思いを成し遂げてくれるはずです……」

推古大王は覚悟したように、竹田の手を握ってうなずいた。

「よう判りました。厩戸を日嗣にいたしましょう。もう話さずとも良い」

竹田は厩戸を見つめると、

「あとは頼んだぞ」

と短く言って目を閉じた。それが竹田王の最期であった。

妃の錦代王や、菟道貝蛸王ら兄弟姉妹の泣き声が響く中、蘇我馬子は部屋を抜け出して途見赤檮の報告を聞いた。

「申し訳ございませぬ。我が先導していながら、まさかあのようなことになろうとは」

さすがに赤檮も落胆の色が濃かった。

「それで何者かが岩を落としたと申すのか」

「崖の上を調べたところ、岩を動かすのに使った丸太が数本見つかりました。足跡から十人近い者がおったのではと思われます。あとを追わせていますが、捕まるかどうか」

「何者じゃ、それは」

「この国の者が百済の使節を狙うとは思えませぬ。おそらくは新羅の者かと。倉梯の大王を殺害した迦摩多(かまた)と申す間者が、また入り込んでいたかもしれませぬ。まったく迂闊(うかつ)でございました」

「新羅か……」

馬子は腕組みをして、外の闇を見つめた。

百済の日嗣御子が倭国で襲われたなら、両国の間に不信が生じよう。それは新羅にとって好都合なことだ。さらに阿佐王が死んだことで百済の王位継承が混沌とする。それもまた新羅にとっては付け入る隙となるはず。兵を出しての戦いではなく、このような手を使うとは新羅王は何と卑劣な王であろう。

「新羅の王について、何か聞いておるか」

「詳しくは存じませぬが、十代の中頃に王位について、すでに二十年近く王位にあるようです。若いゆえに政は側近に任せることが多く、特に先々代の王から仕える美室（ミシル）という女性（にょしょう）が強い力を持っているとか」

「なるほど、女か」

馬子は納得したように言うと、逃げた者の追跡を急ぐように命じた。

竹田王の死去は、推古大王にとって大きな悲しみであり打撃であった。

我が子に自分のあとを継がせるまでという思いで大王の座にあったが、その目算が崩れ落ちて気力を失った。竹田王の下に弟の尾張王がいるが、さすがにすぐに日嗣御子とするのは気が引けた。

「竹田の言い残したとおり、厩戸を日嗣にしたほうがよいのか。あるいは尾張王を兄の代わりにするのか……」

悩みつつ何も手につかないまま、推古大王は呆然とした日々を過ごした。

阿佐王が持参した品は宮に届けられて忘れられたようになっていたが、十日ほどして馬子がそれを開封した。三体の仏像のほか、経典や仏具などが入っていた。仏像は一体が人の背よりも大きく、左手に壺を持った薬師観音であろうか。ほかの二体は赤子ほどの大きさで、いずれも金箔が施してあった。

「見事なものですな。我が国の木を使って百済の匠が彫り上げた物です。この大きな像は楠ですが、仏像作りに適していると文が入っておりました」

馬子はそう言って、百済の文を厩戸に見せた。受け取ったものの、厩戸は十分には読むことができない。

「我が国の木でも仏像作りに十分使えるということじゃな。これらの像は法興寺に置くのか」

「それにございます。百済の手前、当面は法興寺に置いても良いかと思いますが、いずれは我が国の者の手による本尊を置きたいと思いまする。この像を見ると、あの痛ましい出来事を思い出すことにもなりましょうし」

「それもそうじゃな」

厩戸はあらためて仏像を見上げた。細身の身体の後ろに大きな光背がついて、やや不安定にも見える。その危うさが見る者に儚さを呼び起こすのであろうか。そう思って見ると、細長の顔はどことなく竹田王の顔に似ているようにも思えた。小さな目と口、通った鼻筋、まさか似せて作ったはずはないが、見つめるほどに竹田王の顔が浮かんできて、知らぬ間に厩戸の目から涙がこぼれ落ちた。その様子を横で馬子は見ていたが、あえて何も言わずに黙ったままであった。

やがて仏像や品々を片づけたあと、馬子は言った。

「今はまだ大王も心が定まっておらぬようですが、いずれ厩戸王様を日嗣御子にすることになるかと思います。身辺には十分留意してお過ごしくだされ」

「我もまた誰ぞに狙われることがあると」

「判りませぬ。何をしてくるか判らぬ相手です。本来なら上宮ではなく我が屋敷へ移っていただくのが良いかと思いますが、それも窮屈でしょうから」

「そうじゃな……」

厩戸の脳裏に刀自古と子供たちの顔が浮かんだ。

「また石川の屋敷にも参る」

と厩戸は取り繕うように言った。

秋になる頃、馬子の勧めもあって推古大王は厩戸王を日嗣御子にすることを決心した。豊浦宮へ厩戸を呼び、それを告げた。

「竹田が言い残したことでもあり、そなたを日嗣御子に決めました。異存はありませんね」

馬子から聞いていたために驚きはなかったが、それでも厩戸は大王に言った。

「我に務まるでしょうか。竹田王様のようにこの国をどう導くかなどと考えたこともございませぬ。他にも王族の方はおられましょうに」

「竹田がそなたをと言い残したのです。竹田とて日嗣御子になる前は気ままに遊んでおりましたが、その地位に就いてから考えを変えたのです。そなたも日嗣御子として過ごすうちに思うこと気づくことが変わるはずです」

そう言われると厩戸には断る言葉がなかった。

「皆に告げるのは年が明けてからにしますが、そなたには宮に来て宮人の働く様なども見ておいてほしいのです。判らぬことは大臣が教えてくれるでしょう」

「承知しました」

「そなたの母は我が妹。そなたとは伯母甥の間柄ですが、今後は息子と思い頼りにしますので遠慮なく思うたことを申すように。この国と大王家が栄えるように、ともに尽力いたしましょう」

「ありがたきお言葉、感謝いたしまする」

そう言って厩戸は大王の前を辞した。

上宮へ戻りそのことを告げると、菟道は複雑な表情で祝いの言葉を言った。

「それにしても母上もよう決心されたと思いますわ。あなたを日嗣御子にしたことではなく、この先もまだ大王でいようと思われたことが。今年でもう四十四になるはずですから」

「そういうことか」

「あなたが大王になるにはまだ十年はかかりましょう。弟の死で気力をなくしたように見えましたが、それならば安心ですわ」

そう言ってから初めて菟道は微笑んだ。

「なりたくもない者が日嗣御子になって良いものかと思うが、これも王家に生まれた者の務めかもしれぬ。我が大王になるころには来目や、そなたの弟の尾張王も大王にふさわしい年齢になろう。順に譲っていけば良い」

「まだ十年も先のことですよ。今からそんな譲る話を」

「来目はやりたがっておるから、そう言って安堵させてやらぬとな」

そう言うと厩戸も、ようやく笑みを見せた。

「お母上にお知らせしては。きっとお喜びになりましょう。まだ知らせてはいけないのですか」

「どうであろうな。我が宮へ出入りするようになれば、宮人たちも気づくはずだが。いずれ時を見て母上にも知らせよう」

「それにしても竹田も運のないことで、さぞ心残りでしたでしょう。何をやろうとしていたのか、聞いておられますか」

「全て聞いたわけではないが、まずは都造りのことを言っておられた。小墾田あたりに宮を移して、法興寺を含めた大きな都を造ると。それと難波と大和を結ぶ道を整備して、大和の入り口あたりに大きな寺を建てると良いと申されたが」

話しながら、次第にそのときの情景が蘇った。雪の中で、「そなたが差配して造れ」と言われたのを思い出した。いずれそれは成し遂げねばならぬと、厩戸は強く心に誓った。

ほどなくして法興寺の金堂に、百済からもたらされた仏像が安置された。

学生(がくしょう)たちは物珍しげに、代わる代わる仏前に参って手を合わせた。中でも熱心に見上げていたのは司馬止利(しめのとり)という若者である。善信の兄、多須奈の息子で、まだ十代中頃ながら仏師としての非凡さは誰もが認めるところであった。

食い入るように見つめる姿を何度も見かけ、ある日、厩戸は声をかけた。

「いつも熱心に眺めておるが、どうじゃ、学ぶことが多かろう」

驚いたように止利は振り向いたが、厩戸王と気づいて頭を下げた。

「はい、光背の彫りや、流れるような衣の線など見事かと思いまする。ただ……」

「ただ、何じゃ」

「この表情は、あまりにも人の顔に近すぎるように思うのです。仏はやはり信ずる者たちの思いが凝縮する特別な存在であるべきかと。私が求める仏の顔はどのような表情かと、それを思案しながら見つめておりました」

止利はそこまで言ってから、恐縮して平伏した。

「出過ぎたことを申しました。申し訳ございませぬ」

「いや構わぬ。よう申した。我も同じようなことを感じていた。そなたに言われて、なるほどそういうことかと腑に落ちた。これは百済の仏像だが、我が国には我が国の仏像があっても良いと思う。そなたの納得がいくように作ってみることじゃ。いずれこの国で作った本尊を、この金堂に置きたいと大臣も申しておった。そなたの仏像がここへ据えられるよう精進することじゃ」

「はい、必ずや作ってみせまする」

力のこもった止利の言葉に、厩戸は満足げにうなずいた。

止利が去ったあと、しばらくして数名の学生が入ってきた。厩戸の姿を見て、彼らは少し慌てたように頭を下げた。

「申し訳ございませぬ。お邪魔をいたしました」

学生の一人がそう言って出て行こうとするのを、厩戸は引き留めた。

「出て行かずとも良い。仏像を見に来たのであろう。手を合わせていくが良い」

厩戸に言われて学生たちは、おずおずと仏像の前に並んで手を合わせた。手を合わせ終わった後、先ほどの学生が厩戸に言った。

「厩戸王様は日嗣御子になられるそうで、おめでとうございまする」

その言葉に合わせて、一同は「おめでとうございまする」と頭を下げた。

「まだ誰にも知らせてはおらぬはずだが、なぜ知っておる」

「もう皆が噂しておりまする。近ごろ宮へお出でになることが増えたと」

「やはりそうか」

厩戸は小さくため息をついたが、学生たちの嬉しそうな顔をながめて、つい苦笑した。

「皆は喜んでおりまする。厩戸王様が政を摂られれば、さらに学問が盛んになり、我らが朝廷で働くことも多くなるだろうと」

「なるほど、そういうことか。しかし政は大王と大臣がおられるゆえ、我の申すことなど知れておるぞ」

皆の顔が曇ったように見えて、気の毒に思った厩戸は付け加えた。

「ただこの先は諸外国との交渉などが盛んになる。それに合わせて我が国も負けぬように国づくりをせねばならぬであろう。これからは家柄にこだわることなく、学問を身につけた者が大切な仕事を任されるようになるはずじゃ。そのときのために一層学問に励むがよい」

「はい、ありがとうございまする」

「礼を言われても、まだ仕事は任せぬぞ」

厩戸の言葉に一同はどっと笑った。

「たしかそなたは高向玄理（たかむこのくろまろ）であったな。それから南淵請安、小野妹子、そなたは旻であろう。それぞれ優秀であると聞いておる。いずれ力を尽くしてもらわねばならぬ時が来よう。そのときまで精進することじゃ」

「はい！」

学生たちは感激して、声を上げげた。


年明けに推古大王は王族や群臣らを集めて、厩戸王を日嗣御子にすると告げた。厩戸王二十五歳になる年である。

王族の中には敏達大王の子で四十歳近い難波王と、その弟の春日王、大派王がいるが母が春日氏ということで、蘇我馬子によって後継争いから遠ざけられた。かつては春日氏も有力氏族であったが、今は蘇我氏や大伴氏に取って代わられた形になっている。

ほかにも竹田王の弟の尾張王や、さらには推古の弟の桜井王もいたが、竹田王が厩戸を後継に指名して死んだということで、誰もが異を唱えられなくなった。

「無事に終わってようございましたね、兄上」

散会したあと、弟の来目王が嬉しそうに声をかけた。その下の弟の殖栗(えくり)王、茨田(まんだ)王も十代後半の年齢となり、この年賀の式にも参列している。皆嬉しそうな顔で厩戸を取り巻いた。

「よかったな、厩戸」

弟たちの後ろから声をかけたのは、義兄の田目王だった。

「兄上、ありがとうございまする」

厩戸もそう言って応えた。

「お母上もお喜びであろう」

厩戸や来目たちの母は穴穂部間人だが、田目王の母は蘇我馬子の妹、石寸名(いしきな)である。

「それがまだ会って伝えてはおりませぬので」

「早うそなたの口から伝えて差し上げることだ」

そう言ってから田目王は静かに微笑んで去って行った。

弟たちもその後ろ姿を見ていたが、すぐにまた賑やかに喜び笑い合った。

その日のうちに母にも知らせておこうと、厩戸は弟たちとともに池辺双槻宮（いけべのなみつきのみや）を訪ねた。

寒さをしのぐために炭が焚かれて暖かな部屋の中に、母の穴穂部間人は薄手の衣のままで過ごしていた。

「少し暑すぎませんか。無駄に炭を使いすぎでは」

部屋に入った厩戸は、顔をしかめて言った。

「久しぶりに顔を見せたと思うたら小言ですか。厚着をすると肩が凝るゆえ嫌なのです」

「小言のつもりはありませぬが」

「日嗣御子になった話でしょう。来目たちが騒いでいましたから知っていますよ。一向に知らせに来ぬので私を忘れたかと思いましたが」

「忘れるはずはないでしょう。本日、大王から皆へ知らされましたので、もう公言して良いかと思い参ったのです」

「相変わらず固いことですね」

穴穂部間人は一人で酒を飲んでいたようで、卓の上に酒器が置いてある。そのせいもあってか頬もかすかに赤らんでいる。

「祝いの酒でもいかがです。あなたも少しは飲めるようになったでしょう」

断るのも角が立つと思い、厩戸は椅子に座って杯を受けた。

「日嗣御子と言っても大王になるにはまだ十年はかかるでしょう。気を許してはいけませんよ」

「それは何に対してです」

酒を受けながら厩戸は母の言葉に少し驚いた。

「全てに対してです。父上のように病になることもあるし、あなたを脅かす誰かが現われるかもしれぬでしょう。竹田王のようなこともありますから、今後は一層用心深くしないと」

「判りました」

厩戸はうなずきつつ、酒を口に運んで流し込んだ。飲み終わると母の杯に酒を満たした。

「私はこれで最後にしましょう。もうずいぶんいただきました」

「いつもこんなに酒を飲んでいるのですか」

「いつもではありませんよ。今日はあなたのことで祝っていたのです」

「そうでしたか、それは……」

感謝の言葉を言おうとしたが、うまく言葉にならなかった。

「それに来目の子が、どうやら弓張にできたそうで。ひとまず目出度いと言ってもよいでしょう」

「えっ、それは聞いていませんが真ですか」

「夏には生まれるようですよ。弓張はまだ若いゆえ、この先、何人も子供ができるでしょうね」

そう言ってから穴穂部間人は細い指で杯を取ると、ひと息に酒を飲み干した。


その年の四月に竹田王の墓所が、豊浦宮の西南、剣池の南に完成した。我が子の近くにいたいという推古の思いが、その場所を選ばせた。

「私が死んだあとは、必ず竹田と同じ墓所に埋葬するように」

推古大王は馬子にそう厳命した。

「承知いたしました」

馬子はあえて何も聞かず、黙って拝礼をした。

「ところで昨年の冬、新羅へ送った使者が戻って参りました。思ったとおり阿佐王の殺害のことは知らぬと言うばかりで。同行させた途見赤檮も迦摩多なる間者を見つけることはできなんだそうです」

「そうですか。確たる証もないゆえ仕方がないでしょう」

「再び侵入したときには必ず捕縛するように、壱岐と対馬に配下の者を置きました。二度とあのような真似はさせませぬ」

「すでに二度やられておるから、三度目がないように、じゃな」

「はい」

「百済王も嫡男が死んで気落ちしているでしょう。高齢ゆえ先々が心配だが、後継はどうなるのでしょうね」

「ほかに息子はおらぬようで、阿佐王の息子か、あるいは以前に倭国へ遣いした現王の弟がおります。どちらかが立つかと思われますが」

「そうですか。百済が乱れると、また新羅が動き出すかもしれませんね」

推古大王の案じたとおり、この年の十二月、七十四歳の百済王は病を得て死去した。威徳王と諡(おくりな)された。代わって弟の李が即位した。

年が明けて推古大王の七年、厩戸は日嗣御子として宮へ参内することが多くなっていた。政のほとんどは大臣の蘇我馬子が取り仕切っていて何もすることはなかったが、各地に寺を建てる事業については厩戸が担うことになっていた。寺を建てると言っても朝廷に財源はなく、その地の豪族に負担をさせて豪族の氏寺とするほかはなかった。それでも仏法を広めることには違いないために、申し出があれば寺匠や僧尼を派遣するなど朝廷として出来ることは援助した。

「このところ寺を建てる者が増えているそうでございますね。ありがたいことです」

久しぶりに法興寺を訪れた厩戸に、善信が話しかけた。

「この法興寺や難波の四天王寺を見ると、豪族たちは力の証として己も寺を持ちたいと思うのであろう。いささか仏法の教えとは違うように思うのだが仕方があるまい。寺ができれば僧や尼を派遣して、正しい教えを説いてもらえば良いと今は思うておる」

「それでよろしいのではありませぬか。最初から仏法の教えに惹かれる者はわずかでございましょう。寺や仏像の見事さ、僧や尼の人柄、そういったものに惹かれて足を踏み入れる者がほとんどでございます」

「我もそうであったな」

金色に光る仏像を物珍しく見つめていた子供の頃を思い出して、厩戸は苦笑した。

「厩戸王様はご自分の寺をお持ちになることは考えていらっしゃらないのですか。手本をお示しになることも必要かと思いますが」

「我の寺か。それは考えたこともなかったが」

ふと竹田王が言い残した、大和川沿いの地に寺を建てる話を思い浮かべた。それを我が寺とするのも良いかもしれない。

「ところで少々困っております。このところ尼の数が増えて今の宿房だけでは手狭になって参りました。僧はこの法興寺に隣接して宿房が出来ておりますが、尼のためにもどこかに作っていただけないかと」

「そうか、それほどに増えたか」

「僧が百六十人、尼が七十人ほどになっております。申し訳ございませぬが」

善信はすまなそうに頭を下げた。

「いや、各地に派遣するために数は増やさねばならぬ。承知した。何とか考えてみよう。いずれは僧と尼のそれぞれに学ぶ場所を分けた方が良いと思うておるが」

「そうしていただければ安心です。仏の道に入るつもりでも、邪(よこしま)な心を捨てきれぬ者もおりますので」

「なるほど。それでは急がねばならぬな。なかなかに忙しいことじゃ」

厩戸はそう言って笑ったが、善信は真顔のままで頭を下げた。

その日、上宮へ帰った厩戸を弟の来目王が待っていた。夕暮れに近い時刻で、眼下の磐余池の湖面も静かに赤い空の色を映している。

「珍しいな、このような夕刻に来るとは」

厩戸の軽口に乗ることもなく、来目王は硬い表情のまま言った。

「困ったことが起きました。実は母上が……」

「母上が、どうした。まさか病でも」

「病なら良いのですが……。子ができたようで」

「子ができたとは……。そなたのことであろう」

「いえ、母上が懐妊したのです」

一瞬、視界が暗くなったように思えて、二人は沈黙のまま見つめ合った。気を取り直して厩戸が聞いた。

「どういうことじゃ。詳しく申してみよ」

「それが、寒い間は衣で判らなかったのですが、数日前に薄着のところを見かけて、明らかに腹が膨らんでいて問い詰めたところ、子ができたようだと……」

「間違いではないのか。すでに四十を越えておるのだぞ」

「いえ、兄上もご覧になれば判ると思いますが」

「それで、相手は誰なのだ」

「それは決して言えぬと……」

次第に興奮して厩戸の声が大きくなったために、隣室で白鷺王の相手をしていた菟道貝蛸と菩岐々美にも聞こえてしまった。

「申し訳ございませぬ。隣室でつい耳に入ってしまいました」

そう言って菟道が居間に入ってきた。

「きっと母上様にも何かご事情がおありでしょう。あまり問い詰めぬ方がよろしいのでは」

「それでも子が生まれるのだぞ。あの年で無事に産めるものなのか」

戸惑う厩戸は、つい菟道に怒鳴った。

「見た目に腹が大きくなっておるなら、もはや無事に産まれることを願うのみでしょう。あまり騒ぎ立てても、かえってお体に障るかと」

そう菟道に言われると、厩戸は黙るしかなかった。

「女同士のほうが話しやすいかもしれませぬ。私が伺ってみましょうか」

「そうじゃな」

上宮の外は、すでに日が落ちて暗がりになっていた。

翌日、菟道は池辺双槻宮の穴穂部間人を訪ねた。

三月も終りに近く、暖かな日差しを浴びて、双槻宮の庭に咲いた花々が輝いて見える。

「美しく咲きましたね。よくこれだけの花が集まりましたこと」

板縁に腰掛けて庭を眺めながら菟道が言った。

「侍女たちがあちこちで見かけた花を、ここへ持ってきて植えているのですよ。花が終われば種を採って、また次の季節に蒔いているのです。私はただ眺めているだけですが」

穴穂部は縁先の椅子に腰掛けて、小さく扇を揺らしている。

「厩戸に言われてきたのでしょう。事情を聞いてこいと」

視線を庭に向けたまま穴穂部は言った。

「いいえ、女同士のほうが良いのではと、私から申しました」

「そうですか、それはご苦労様」

「お体は大丈夫なのですか。ご気分が悪いということは」

身体の向きを変えて穴穂部を見つめると、菟道は聞いた。

「ええ、もう近ごろは吐き気も収まって……。久しぶりのことゆえ思い出しつつ楽しんでいるのです」

「それは良うございました。無事に産まれることをお祈りしております。いつごろになりそうですか」

「おそらくは六月頃かと思いますよ」

「お手が足りないようであれば、お申し付けください。私だけでなく幸玉宮（さきたまのみや）の侍女たちも駆けつけますわ」

「この歳になって、初産のように騒いでは笑われます」

そう言いながら穴穂部は自分の腹を撫（な）でた。

「聞きたいのは誰の子かということでしょう。でもそれは言いませんよ。それこそ大騒ぎになりますからね」

「騒ぎになるお方なのですか」

「なるでしょうね」

穴穂部が楽しそうに笑ったので、つられて菟道も微笑んだ。

「お相手が判らぬことも、世間ではよくあることと聞きます。母上様がそれで良いとお思いでしたら、あえて聞かずとも良いことでございますね。産まれた御子はこの宮でお育てになるでしょうし」

菟道の言葉に穴穂部は何も答えず、ただ扇を静かに揺らしていたが、

「どこからか飛んできた種が育って、独りで咲く花もありますよ」

とつぶやくように言った。

十二

菟道から話を聞いて、厩戸の煩悶(はんもん)は一層深まった。

自分の母親という以前に、かつて大王の后だった女人が、他の者の子を産むということが許されない行状のように思われた。

「相手が誰であろうと騒ぎになるのは間違いない。何という愚かなことを」

「もう三月(みつき)もすれば産まれるのですから、今は静かにして差し上げることが大事でしょう。お母上を悩ませて、お体に障るようなことがあれば取り返しがつきませせぬ」

「女人とは恐ろしいものじゃな」

厩戸がそう言うと、

「女人だけでは子は出来ぬでしょう。愚かと言うなら相手も同じことです」

と菟道が少し怒ったように言った。

「まだ身内の者しか知らぬはずだが、口外せぬように家人たちにも言い含めてくれ。来目にもきつく言っておかねば」

「来目王様はそのようなこと、すでにご承知でしょう」

菟道の言葉も聞かずに、厩戸は家人を連れて上宮を出た。それを見送ったあと、菟道は菩岐々美を相手に言った。

「母上もたびたび外出されるわけでもないのに、誰とどこで会うのでしょうね。相手は限られると思うのだけれど」

「そうでございますね。お一人でお出かけにもならぬでしょうし、家人たちは気づいているのでは」

「言わぬように、母上から口止めされているかもしれませんね」

そう言って二人は庭先で遊ぶ白鷺王をながめた。白鷺王ももう六歳になり、背丈も随分と伸びた。厩戸よりは菟道の気質を多く受け継いだようで、活発な性格を見せている。

「私の妹が池辺宮で仕えておりまする。ひそかに聞いてみましょうか」

ぼそりと菩岐々美がつぶやいた。

「えっ、そなたの妹が」

「はい、たしかまだお仕えし始めて半年ほどですが、何か知っているかもしれませぬ」

「それはぜひ。でも後々迷惑にならぬように用心して」

「判りました」

菩岐々美は嬉しそうな笑顔でうなずいた。


妹が実家へ戻る日を調べて、数日後、菩岐々美も膳部の家へ戻った。

菩岐々美の妹は比里古といって、三歳年下である。やはり家人の間での噂は耳にして知っていた。

「私が仕え始めてからは姿をお見せにならないけれど、以前に田目王様がいらっしゃって笛をお聴かせになることがあったとか。ほかにお越しになるのは厩戸王様くらいだから、おそらくお相手は田目王様じゃないかと皆はささやいているわ」

「田目王様は、厩戸王様の腹違いのお兄上よ。その方が母上のお相手なんて……。あなた口が裂けても、そんなことを言っては駄目よ」

菩岐々美は妹の口を指で押さえた。

「でも皆が言ってるもの」

比里古は口を押さえられたまま目を丸くした。

上宮へ戻った菩岐々美は、そのことを菟道へ報告した。

「田目王様が……。それが真ならば厩戸王様にはお辛いことになるけれど、お話ししたものかどうか」

菟道は少し考え込んだが、

「やはりこのままで済むとは思えませんね。お伝えせねば」

と意を決したように言った。

その日の午後、上宮に戻った厩戸に菟道がそのことを告げた。意外なことに厩戸は驚く様子もなく静かに聞いた。

「実は来目からもその話は聞いたのじゃ。来目は家人から聞いたと言ったので、話の出所は同じであろう」

「そうでしたか。余計なことをいたしまして申し訳ありませぬ」

「いや、そなたも心配であったろう。菩岐々美にも手間をかけさせたな」

「それでどうされるのです。まだ確かなことと決まったわけでも」

「どうしたものかな」

そこまで言って厩戸はため息をついた。

「母上か田目の兄に聞くほかはなさそうだが……。それも辛い話になりそうじゃ」

心労からか厩戸の顔が痩せたように菟道には見えた。

四月の中頃、豊浦宮では新たな寺の建設について話し合われていた。

竹田王の言い遺した案でもあり、推古大王をはじめとして蘇我馬子も建設には賛成した。

「河内から大和への入り口に、寺を造るというのが亡き竹田王様の御遺言でございました。またこの差配を厩戸王様にとも言われました。このことについては誰も異存はございませぬ。あとは何処に建てるのか、場所を選ばねばなりませぬが、これも厩戸王様にお決めいただくのがよろしいかと」

大王の御前で、馬子が厩戸王に提案した。

「すでに考えておる場所はあるのですか」

大王に尋ねられて厩戸は口を開いた。

「竹田王様と見回ったときに、二人であのあたりにと語った場所がございます。大和川の北側で斑鳩（いかるが）という地名とか。いつぞや大王様とも薬狩りに出かけた、あの川向こうにございます」

「そうか、斑鳩か。すでに寺の名前も決めておるのですか」

「いえ、まだ名前までは。斑鳩寺とでもいたしましょうか」

「それはまた、そなたが考えて決めるが良い。竹田が任せると言うたのじゃ。すべてそなたに任せよう」

大王の言葉に同意するように、馬子も笑みを浮かべてうなずいた。

「法興寺が完成してから、寺匠(てらだくみ)たちは各地の寺の建設に駆り出されておりましてな。早うに算段をしてまた呼び集めねばなりませぬ。場所の選定など、大まかなことさえ決めていただければ、あとは宮人たちが進めましょう」

「承知した。早速に行ってこよう」

「念のため宮人もお連れくだされ。秦河勝(はたのかわかつ)という者が法興寺で寺司(てらつかさ)の補佐をしております。若い男ですが、実直で間違いがございませぬ。細かなことはその者にお伝えいただければ手間が省けるかと」

「秦というと渡来人(とらいびと)か」

「東漢氏(やまとのあやうじ)などより以前に渡来した一族で、すでに五、六代は過ぎておりまする。もはやこの国の民と言って良いでしょう」

「判った。出かけるときには法興寺へ知らせよう」

二人が話す様子を大王は見つめていたが、少し厩戸がやつれたように見えた。

「そなた、疲れておるように見えますが、何か気がかりなことでもあるのではないですか」

大王にそう言われて厩戸は慌てた。

「いえ、何もありませぬ」

「それならば良いのですが、身体には気をつけて無理をせぬように」

「ありがとうございます」と答えて、厩戸は引き下がった。


四月二十七日の早朝、厩戸は斑鳩へ視察に出かけた。

白鷺王を連れて見送りに出た菟道が、厩戸に小さな木片を手渡した。

「何じゃ、これは」

「昨日、私が彫りました念持仏です。用心にお持ちください」

見ると指の長さほどの木片に仏の顔と身体が、簡単ではあるが上手に刻んである。

「何事もあるはずがない。半日もすれば戻って参る」

厩戸は笑ったが、小さく拝んでから胸元にしまい込んだ。

「では行って参る。白鷺はしっかり手習いをするように」

そう言って頭を撫でると、白鷺は元気よく「はい」と返事した。

上宮の前には知らせを受けた秦河勝が待っていた。厩戸の家人三人を加えて、五人で斑鳩へと向かった。

秦河勝という宮人は厩戸より五つほど若く、まだ二十歳になったばかりであった。馬子から詳細は聞いているようで、あらためて尋ねることもなく口数の少ないまま最後尾に従った。

一刻ほどして大和川の川岸に着いたときに、一行は休憩を取った。ちょうど雨の少ない時期で川の水量も少なく、浅瀬であれば馬で越せそうである。あまりに無口な河勝が気になって、厩戸は堤の上へ呼んでから声をかけた。

「あそこに山の稜線がせり出しているだろう。あのあたりに建てようと思うのじゃ。河内から来たときに、ちょうど正面に見えて見栄えが良いと思うてな」

「承知いたしました。山際であれば周囲よりも地盤が高く、良い見栄えになりましょう。やはり法興寺と同じように金堂と塔を並べるのでございますか」

「そうだな。ただし金堂は三つもいらぬ。一つで良い」

「四天王寺と同じでございますな。完成すれば見事でございましょうなあ」

無口であった河勝も、次第に口を開くようになった。どうやら日嗣御子の供を命じられて緊張していたようである。

「見晴らしの良い高みに寺を造れば、遠くからも民は仰ぎ見ることができます。それもまた仏法のありがたさを示すことにもなりましょう」

「人々を高みへと導いて人心を安らかにする。それこそが仏法の力じゃ。これを国じゅうに広めていかねばならぬ」

そこまで言ったときに厩戸の心に、一つの閃き(ひらめ)があった。

高みという言葉が胸に残ったのである。人々を高みへと導くと同時に、仏法自体もさらに興隆させていく必要がある。新たな寺は高みで輝くような存在にしたい。

「法隆寺（ほうりゅうじ）、とでも名付けるか」

「えっ、何でございますか」

つぶやくように言った厩戸の言葉が聞き取れず、河勝は聞き直した。

「高みは、隆（たか）みとも言える。仏法の興隆も願って法隆寺としようか」

「法隆寺でございますか。良い名でございます」

「そなたのおかげで思いついたのじゃ。礼を言うぞ」

「とんでもございませぬ」

恐縮する河勝に笑いかけて、厩戸が堤を降りようとした瞬間であった。突然、地面が細かく震えたかと思うと、地鳴りとともに突き上げるような強い衝撃が襲った。馬が驚いて竿立（さおだ）ちになり、厩戸は振り落とされて堤の下へと転がった。河勝もまた堤を転がり落ちたが、必死に草をつかんで斜面に這いつくばった。

しばらく続いた揺れがようやく収まって河勝が顔を上げると、家人たちが厩戸王のもとへ駆けつけて来た。横倒しになった馬が起き上がって足踏みをするそばで、厩戸は倒れていた。

「厩戸王様！」

家人が叫ぶと、気づいたように厩戸は目を開けた。

「お怪我はございませぬか！」

「大事ない。よう揺れたな」

厩戸が顔をしかめながらも身を起こすのを見て、家人たちも安堵した。

「河勝はどこじゃ。無事か」

「はい、ここに」

草の茂みの中から河勝が起き上がった。

「皆、無事で良かった。しかし今までにない大きな地揺れであったな。都が心配じゃ。今日はこのまま帰るとしよう」

五人はそのまま引き返すことにしたが、帰る道のあちこちで崩れた家があった。民の家は葦きで、地面に直接柱を埋めた簡素な作りであるために、あの衝撃にはひとたまりもなかった。

次第に被害の大きさが判ってきて、厩戸は馬の足を速めた。

「そなたも自分の家や身内が心配であろう。ここで別れよう」

「はっ、それではまたあらためて」

河勝と別れると厩戸と家人は上宮へと急いだ。駆けるうちに豪族の大きな屋敷が倒壊しているのを目にした。立ち寄って声をかけようかとも思ったが、それ以上に全体の被害の大きさが気になった。豊浦宮や法興寺は大丈夫であろうかと。

太陽が中天に昇るころ、厩戸たちは耳成山を通り過ぎて、都の惨状を知ることになった。方々で圧(お)し潰(つぶ)された屋敷から人が助け出され、恐怖の表情で呆然と立ち尽くし、あるいは泣き叫んでいた。下敷きとなって死んだ者もいるのかもしれない。

やがて池辺双槻宮(いけべのなみつきのみや)の屋根が見えてきた。遠方から見る限りは普段と変わった様子はない。倒壊せずに耐えたと思われる。ためらいはあったが素通りするわけにもいかぬと思い直し、厩戸は宮の門をくぐった。

宮に入ってみると主殿は無事であるものの、家人のための家屋などがいくつか潰れて、塀なども崩れた部分があった。主殿に入ろうとすると家人の一人が声をかけた。

「これは厩戸王様、お入りになっては危のうございます。太后様は庭に出ていらっしゃいます。こちらへ」

言われて庭へ回ると花の咲き乱れるあたりに椅子を並べて、穴穂部間人が座っていた。周囲に侍女たちが呆然と立っている。

「ああ厩戸、来てくれましたか」

膨らんだ腹をかばうようにして、おびえた表情で穴穂部間人が言った。

「崩れそうなのです。とても中には居られませぬ。何とかしてくれぬか」

「あちこちで屋敷が潰れております。皆も困っておりますゆえ、しばらくご辛抱を。これだけ残っているなら良い方ですよ」

「そのような気休めを。今にも子が産まれそうじゃというに、どこで産めと言うのじゃ」

「それはご自身の……」

罪、と言おうとしたが、その言葉は飲み込んだ。

家人たちに当面の間だけでも過ごせる場所を作るように命じ、厩戸は帰ろうとして気がついた。弟たちの姿が見えない。

「そういえば来目たちはどこにおりますか」

「しばらく前に上宮から家人が来て、大変じゃから助けて欲しいと言われて出て行ったが。そなたは知らぬのか」

「我は遠出をしていて、何も……」

血の気が引くような気がして厩戸はよろめきかけたが、踏みとどまって身体の向きを変えた。

「上宮じゃ！」

供の者たちにそう言って門を出て行った。

厩戸たちが上宮へ帰ったとき、今朝までそこにあったはずの建物は消え、全てが瓦礫（がれき）の山となっていた。わずかに残っていた家人と、駆けつけた来目王たちが瓦礫の中から菟道と白鷺王を探し出したが、すでに二人とも息はなかった。

板戸の上に並べられた母子の身体には、薄布がかけられていた。

「申し訳ありませぬ、兄上。我らがもう少し早ければ……」

かたわらに来目王や弟たちが、汚れた顔で立っていた。何も答えぬまま厩戸は近づいて、ひざまずくと恐る恐る薄布を持ち上げた。そこには菟道と白鷺王が眠るように横たわっていた。

「嘘であろう……。このようなことが、あるはずがない」

そう言いつつ菟道の身体を揺らしたが、その目は閉じられたままであった。白鷺王の頭から赤い血が流れ、それをかばったのであろうか、菟道の両腕から胸にかけて血で染まっていた。

厩戸は二人の身体を抱き寄せて泣いた。

やや離れたところに菩岐々美が放心したように座り込んでいた。頬に流れた涙が土埃(つちぼこり)で汚れている。地揺れが起こったとき、菟道と菩岐々美は庭に出ていたそうである。手習いをしていた白鷺王を助けるために菟道は屋敷内に駆け入り、二人とも崩れた家屋の下敷きになった。

「私が戻れば良かったのです。お二人とも亡くなるようなことには……」

そう言ってまた泣き崩れた。

その声に応えるかのように磐余池の向こうの香具山の上を、黒い烏の群れが鳴きながら飛び回った。

都のほぼ全ての家屋が被害を受けて、人々は暮らしに困窮した。朝廷では炊き出しをして飢えた人々を助けたり、泊まる場所を設けたりしたが、すべての人を救うことはできなかった。豊浦宮や法興寺に大きな被害は出なかったものの、助けを求める人々が殺到して混乱した。余震も続いたために、推古大王は各地の社で神々に祈るよう命じた。

「彦人大兄王も大井宮が倒壊して死んだそうじゃ。目が見えぬでは逃げも出来なんだであろう。憐れなことじゃ。私が大王であることを神はお怒りなのであろうか。やはり女人が大王では国を治めることはできぬと」

「そのようなことはございませぬ。この困難をどう収めるか、神はご覧になっておられるのです。真の大王ならば乗り越えてみよと」

馬子の言葉は、意気消沈していた推古大王を奮い立たせた。

「ならば乗り越えて見せようぞ。神が力をお貸しにならぬというなら仏に頼めば良い。仏法の力で人心を平穏にするのじゃ。厩戸はどうしておる」

「それがいまだに仏殿にこもったままで……」

上宮が倒壊したあと厩戸は蘇我の石川屋敷に移り、独りで仏殿にこもっていた。

「菟道と白鷺を亡くして悲しいのは私も同じです。しかし我らが悲しむばかりでは民も立ち上がれぬ。民の救済を続けながら、都の立て直しにかかりましょう。槌音が聞こえたなら皆の気持ちも前を向くはず」

「承知しました。これを機に新たな宮を造ることを考えてもよろしいかと。竹田王様がお考えであった小墾田に新たな宮を築けば、都の者たちも新たな気持ちになるでしょう」

「そうじゃな。斑鳩の寺の普請も進めても良い。負担が重くならぬよう時期を見ながらじゃが、人心を前に向かせることが大切じゃ。それに厩戸の心も」

大王はそう言うと、小さくため息をついた。

「あまりに優しい気性では、人の上に立つ者には相応しくないかもしれぬ。あの子も強くならねば」

「かといって人の心が判らぬような荒々しいお方も困ります。両方のお心を持つお方でないと。厩戸王様もこの苦難を乗り越えたならば、きっとお強くなられましょう」

「そうだと良いがな。大王に相応しい者とは難しいものじゃ」

自分の気性ならばという思いが、ふと馬子の胸中に浮んだが、推古大王に見透かされるような気がして慌ててかき消した。

地震からひと月ほどして、穴穂部間人は女児を出産した。

密かな出産ではあったが、やはり噂は広まり人々の知るところとなった。太后が別の者の子を産むなど前例がなく、人々は様々にささやき合った。相手が田目王であるらしいということも大きな衝撃の要因であった。厩戸は仏殿から出て、ようやく通常の生活に戻ったところであったが、さらにまた心を痛めることになった。

石川屋敷には刀自古や山背王、財王も住んでおり、ときには子供たちの姿を見て心が穏やかになることもあったが、次の瞬間には菟道や白鷺王を思い出し涙ぐむという繰り返しであった。刀自古もその心情が判って、あえて余計な慰めは言わず、ただ見守るだけの日々が過ぎた。

六月に入るころ、ようやく蘇我馬子は厩戸王に語りかけた。

「大王は新たな宮を小墾田に建てるとお決めになりました。その材を探すよう手配いたしますが、斑鳩の寺も同じように建てよと仰せです。両方の材を一度に切り出すなら手間も省けるというもの。斑鳩の場所は秦河勝から聞いて承知しておりますが、塔と金堂は法興寺と同じもので良いでしょうか。寸法だけでも決めておかねば後からは直せませぬゆえ」

馬子の話を聞いていた厩戸は、うつろな視線を向けた。

「ああ、それで良い。形などは特に変える必要はない」

「河勝からは法隆寺という名にすると聞きましたが」

厩戸は、しばらく考える様子であったが、

「そうであったな。法隆寺と決めたのじゃった」

と思い出すように言った。

「材がそろうには半年はかかりまする。また新たなお考えがあればお知らせください。厩戸王様のお好きなようにお造りいただいて結構でございます」

馬子の言葉に厩戸は礼を言った。

「ところで厩戸王様のお心を煩（わずら）わせておる、もう一つのこと。お母上様のことでございますが、もはや都じゅうの者の知るところとなり、このまま放っておくのもいかがかと思いまする。何かしらのけじめはつけねばならぬかと」

驚いて厩戸は馬子を見た。うつろだった目が怯（おび）えに変わった。

「けじめとは、どうするのじゃ」

「無論、太后の母上様を罪に問うことはできませぬ。罪があるのは相手の方でございましょう。噂では田目王様と言われておりますが、真でございましょうや」

「それは我も知らぬ」

「ならばまず、それを確かめてからのことになりましょうな。王族の方ゆえあまりむごいこともできませぬが、人心を乱した罪は負うていただかねばならぬでしょう。田目王様は我が姉の子。お任せいただければ良きように処置いたしますが」

「そうじゃな、大臣に任せよう」

自分ではどうして良いのか判らず悶々としていたために、厩戸は投げ出すように馬子に預けた。何が解決なのかも判らぬ上に、解決する気力もなかった。


田目王の屋敷は豊浦宮の近くにあった。

数日後に馬子は数名の供を連れて田目王の屋敷を訪れた。問い詰めると田目王は観念したように真実を語った。

「以前から穴穂部間人様には憧れていたのです。年は離れていても我とは母が蘇我の姉妹の近き間柄。その美しさや華やかさに惹かれるところがありました。さらに子の厩戸は我と近い年で、どうしても彼我を比べて羨ましく思っておりました。厩戸の母は美しく、一方の我が母はみすぼらしく思えて、さらに厩戸は日嗣御子になり、我はこのように見向きもされぬ境遇。父は同じであるのになぜこのように違うのでしょう。年上の我が日嗣御子になっても良いはずであるのに、そのようなことは一切言われず決まってしまいました。穴穂部間人様に近づいたのは、そうした妬み心が少しもなかったとは言えませぬ。ただ手荒なことはしてはおりませぬ。穴穂部様もお独りが長くお寂しい様子で、双方から引き合うように想いが重なったのです」

うつむいて訥々と話す田目王を、馬子は大きな目でじっと見つめていた。

「そなたの言うことも判らぬでもないが、厩戸王様は双方の親が王家の血を引くお方。そなたは母が我が姉であり、そのことが大きく違う。ここへ来て三代の大王は蘇我の血を引いてはおるが、それに異を唱える者もいる。王家や古き豪族の血を引く者がおれば、蘇我よりも優先されることは仕方がない」

馬子は少し声をひそめて前へ身を乗り出すと話を続けた。

「それゆえに蘇我は力をつけねばならぬ。また誤ったことをしてはならぬのじゃ。此度のことは我も辛いところだが、そなたに罪を負うてもらわねばならぬ。命は助けるが、しばらく都よりの追放といたす」

「つ、追放ですか」

「東国へでも行けば良い。数年経てば大王にお赦しをいただき戻していただこう」

罰を受けるなどとは予想もしておらず、田目王は愕然として頭を垂れた。

翌日、田目王は家人を一人連れて屋敷を出立した。

東国へ行く前に最後にひと目会いたいと、池辺双槻宮の門を叩いた。来目王はどうしたものかと迷ったが、懇願する義兄を憐れに思い、母との面会を許した。

庭へ回った田目王に、縁先に出た穴穂部間人は面会した。横には赤子を抱いた侍女がいる。

「お久しゅうございます。心配いたしておりましたが無事にご出産されたと聞き、大変嬉しく思っておりました」

涙を流して見上げた田目王に、穴穂部は声をかけた。

「東国へ行くそうですね。あなたこそ達者で」

「ありがとうございます。きっとまた戻って参ります」

穴穂部が侍女に目をやると、意を察して侍女が赤子の顔を見えるように傾けた。その顔を見て田目王の目から、また涙があふれた。

名残惜しそうに赤子を見つめる田目王を、来目王が促して立ち上がらせた。庭から門へ回って、そこで田目王は礼を言った。

「お目にかかれて良かった。これで心残りもなく行くことができる。そなたらにも迷惑をかけてすまなんだ。厩戸にも我が詫びていたと伝えてくれ」

「判りました。伝えましょう」

来目がそう答えたとき、物音がして門の脇から田目王に向かって二つの影が飛び出した。田目王が驚いた表情で振り返ろうとしたとき、殖栗王と茨田王の二人が剣を田目王の背に突き立てた。

「お前たち、何を！」

来目王が驚いて二人を離そうとしたが、

「母上を笑いものにした報(むく)いじゃ！」

と殖栗王が叫んで、引き抜いた剣をもう一度突き刺した。茨田王も剣を振りかざして首筋に斬りつけた。血しぶきが吹き上がり田目王が倒れると、二人はようやく剣から手を離した。血に染まった剣が石畳の上に落ちて、甲高い金属音が響いた。

女人の叫び声がして来目王が振り返ると、呆然と立ち尽くしている母の姿があった。

十三

田目王の殺害は、蘇我馬子によって不問に付された。東国へ行ったものとして、田目王の遺骸は密かに埋葬された。

来目王と馬子からそれぞれ話を聞いたあと、衝撃を受けた厩戸はいっそう心を病むことになった。石川屋敷で誰にも会わず、鬱々(うつうつ)と過ごす日々が続いた。

この年、百済では兄の後を継いだばかりの恵王が突然に死去し、その息子の法王が即位した。

これを好機と見た新羅が動き出し、再び任那へと出兵した。

推古大王は任那を守るために、翌年二月に一万余の兵を派遣した。五月には法王もまた死去して百済は混乱したが、倭国の兵はよく戦い、新羅領内の六城を攻略。やがて新羅は降伏した。

こうした出来事にも厩戸は関わることなく、日々が過ぎた。

「厩戸のことじゃが、このまま政に関わらぬとなると皆も不審に思うであろう。日嗣御子であることも考えねばならぬが、どうしたものか」

豊浦宮で推古大王は蘇我馬子と話し合った。

「妻子を失った上に、母が兄の子を産み、さらに弟たちがその兄を殺したのですから、気が変になるのも判らぬでもありませぬが、いつまでもこのままにはしておけませぬな」

「そなたの屋敷に置いておくのも良くないかもしれぬ。都から離れて心を静めたほうが良いのではないか」

「かといってどこへ移したものか……」

そう言ってから馬子に一案が浮んだ。

「斑鳩に寺を造るという話でしたが、その前に厩戸王様の宮を斑鳩に造り、お移しするのはいかがでしょうか。その後に寺を造るということならば、不審に思う者も少ないでしょう」

「なるほど。いずれにしろ今のままでは回復の見込みも立たぬ。また穴穂部間人も近ごろ奇(き)

矯な振る舞いが目立つと聞いた。都にあっては好奇の目にさらされるばかりじゃ。母子ともども斑鳩へやってはどうであろう」

「そうでございますな。同じ宮ではまた思わぬ衝突の恐れもあるゆえ、少し離して別々の屋敷を建てますか」

馬子は仕方がないという様子で目を伏せた。

「日嗣御子については、しばらくはこのままといたしましょう。厩戸が回復すれば良し。慌てて別の者を立てるとまた災いが起こりそうな気がします」

「できるだけ大王様に、長くご健勝でいていただかねばなりませぬな」

「竹田が即位するまでと思って引き受けたが、思わぬことになったものです」

推古大王も諦めたようにため息をついた。

時の流れとともに厩戸の心は、少しずつだが回復に向かっているように見えた。

秋が過ぎ、冬が訪れたころ、石川屋敷を善信が訪れた。痩せて頬のこけた厩戸の顔を見て痛ましく思ったが、善信はただ静かに微笑んで頭を下げた。仏殿で対座してから、ようやく口を開いた。

「お久しゅうございますな。もっと早くにお目にかかりたく思っておりましたが、人にはお会いにならぬと聞きましたので、今日まで控えておりました」

地震で厩戸が妻子を失って以来、一年半が過ぎていた。この間、善信も被災した人々を法興寺で世話をする毎日で、ようやくその多忙さから解放されたところであった。

「年明けには斑鳩へお移りになると聞いて、その前に一度お目にかかりたいと無理を言って伺いました」

返事はせぬものの、善信の言葉に厩戸は小さくうなずいて応えた。

「思えば厩戸王様と初めてお目にかかりましたのも、この仏殿でございましたな。あれからもう十六年になりましょうか。様々なことが通り過ぎていったようで、それでも厩戸王様もまだ二十六歳でございましょう。御心が落ち着けば、また違った生き方もできるのではございませぬか」

善信は傍らに持参していた布包みを開いて、三冊の経を取り出した。

「差し出がましいかと思いましたが、これを斑鳩へお持ちくださいませ。法華経、維摩経、勝鬘経の経典です。すでに厩戸王様も内容はご存じかと思いますが、これを日々お唱えになるならば何か違うものが御心に訪れることもございましょう」

善信が差し出した経典を、厩戸は恐る恐る手を伸ばして受け取ろうとした。そのとき握っていた手から小さな木片が転がり出た。

「これは、何でございますか」

拾い上げた善信が見ると、中指ほどの長さの木切れに仏の姿が彫ってあった。ずっと握り続けているのであろう、木の色が汗で黒く変色している。厩戸の顔が変わり、慌ててそれを取り返した。

「う、菟道が彫ってくれた……」

かすれた声でそう言うと手の中へ握り込んだ。その様子を見ながら善信は慰めるように言った。

「いつまでも妃様は見守っておいでですよ。厩戸王様も経を唱えてそれにお応えください。必ずや思いが通じて平穏が訪れましょう」

握りしめた厩戸の手に善信が両手を重ねると、厩戸の目から涙がこぼれ落ちた。

別れを告げてから善信が仏殿を出て帰ろうとすると、蘇我馬子が呼び止めた。

「どうであったかな。厩戸王様のご様子は」

「はい、少しお話はされましたが、まだご心痛は癒やされぬようで。しばらく時が必要かと思いまする」

「そなたに会えば、何か変わるかと思ったが、容易なことではなかったのう」

馬子は腕組みをして、眉間にしわを寄せた。善信は気づいたように、

「大臣様には、このたび尼どもの宿房をお造りいただきまして、誠にありがとうございました」

と礼を言った。

「ああ、そうじゃったな。以前に厩戸王様から頼まれておったが、ようやく普請できた。あれで十分かな」

「はい、ずいぶんと楽になり皆喜んでおりまする。この先ますます尼が増えると、また判りませぬが」

「そうか。いずれは今の宿房のあたりに尼寺を建てて、法興寺とは別に尼はそこで仏法を学ぶようにしたいと厩戸王様は仰せであったが、あれはそなたの進言だそうじゃな」

「はい、私から厩戸王様にお願い申し上げました」

馬子はうなずいた。

「そなたがなぜそこまで熱心に言うのか、兄の徳斉からその理由を聞いて、そなたの苦難に我も心を痛めてな」

善信は少し驚いたような顔をしたが、すぐに何事もなかったように、

「兄が申しましたか。誰にも言わぬようにと頼んだのですが」

と悲しげに笑って目を伏せた。

「いや、詳しくは聞いておらぬが、百済へ渡ったときに同じ僧房の者に襲われたと聞いた。ほかの尼をかばって身代わりになったと」

「一緒に行ったのは禅蔵と恵善でしたから、一番年上の私がかばってやらねばと思ったのです」

「それで、そのときの子が百済におるとか」

「さあそれは……。我らの世話をしてくれた先達の尼様に全てお任せしました。何もかも忘れて仏道に励みなさいと言われまして」

「そうか。それは辛いことじゃったな」

「どうかそのことは大臣様の胸だけにお収めくださいませ。私ももう忘れましたことゆえ」

「無論、誰にも言わぬ。そなたのような強き心が厩戸王様にもあればと思うてな、つい口を出たまでじゃ」

「それもこれも大臣様の御庇護の下で、仏法を学ばせていただきましたおかげにございます

る」

善信は深く頭を下げると屋敷を出た。

翌年の二月、薄日の差す中を厩戸は輿に乗せられて斑鳩へと向かった。

上宮で仕えていた家人のうち数名と、新たに加わった者で十名ほどが付き従った。その中に菩岐々美（ほききみ）の姿もあった。

一行が水量の少なくなった大和川の板橋を渡って北に目を向けると、新しく出来た斑鳩宮が見えた。周囲に民家もなく、やや淋しい佇（たたず）まいではあるが、それでも芽吹きだした山の薄緑を背景に、檜皮葺（ひわだぶ）きの屋根が美しく輝いているように見えた。ちょうど雲の切れ間から伸びた日の光が、宮の辺りを指し示すように照らすと、それを見た一行の誰かが、

「まるで極楽浄土のようじゃ」

と声を上げた。

「厩戸王様、ご覧くださいませ」

菩岐々美が輿の中へ声をかけると、簾の隙間を広げて厩戸はその光景を見た。

「美しい……」

そうつぶやいてから、手を合わせて拝んだ。

斑鳩宮では秦河勝が厩戸の到着を待っていた。河勝はこの宮の建築を馬子より任されて、すべてを取り仕切っていた。宮へ入って厩戸が落ち着くと、河勝が両手をついて挨拶をした。

「無事のご到着、なりよりでございます。屋敷内はできる限り整えておきましたが、またお気

づきのことがあればお申しつけくださいませ。このあと寺の建築にかかるつもりでございますが、大臣様よりお母上様の屋敷を急ぎ造るようにと命じられまして、普請を始めたところにございます」

「母も斑鳩へ参るのか。この宮へ……」

厩戸が不安げに聞いた。

「いえ、大臣様のご指示がありまして、ここより東へいくらか離れた場所でございます。厩戸王様には静かにお過ごしいただくことが肝要でございますので」

河勝の言葉に安堵して厩戸は目を伏せた。

「あとはどうでございましょうな。寺ができるまで、こちらに御仏の像をお置きになるのも良いかと思いましたが。法興寺にある像を譲り受けるか、それとも厩戸王様が新たにご所望ならば仏師に命じて作らせても良いと思いますが」

厩戸は少し考えていたが、

「善信の甥の止利（とり）は良い仏師と聞く。作らせてみようか……」

と言った。珍しく厩戸が前向きな姿勢を見せたために河勝も喜んだ。

「それは良うございますな。若いながらも止利は才があると聞いておりまする。厩戸王様のご所望と聞けば一層励むことでしょう。どのような御仏がよろしゅうございますか」

「すべて止利に任せる……」

「承知いたしました。早速に」

そう言って河勝は引き下がった。

五ヶ月ほどして穴穂部間人のための屋敷が完成し、侍女らを従えて移り住んだ。

斑鳩宮からは少し距離があり日常の生活は隔絶しているが、ときおり侍女や家人たちは行き来して、互いの様子などは耳に入ってくる。穴穂部間人の産んだ娘、佐富（さふ）も四歳になり、元気に育っているようであった。

「何とか母上も新しい屋敷に馴染んだようにございます。当初はこのような離れたところへ追いやるのは気が引けましたが、人目を気にせずとも良いので、家人たちも気楽だと申して。いささか淋しゅうはございますが」

母の様子を見に来た来目王は、決まって兄の厩戸も訪ねた。

「兄上も多少は顔つきが穏やかになられましたな。痩せこけていた頃は心配いたしましたが」

「それほど痩せていたか……」

「今にも餓死するのではと思うほどでしたよ」

わざと来目王は冗談めかして笑ったが、厩戸はあまり表情を動かさず、握った左手の親指を動かしている。菟道が彫った仏を握りしめているのだろうと来目は思った。

「そういえば司馬の止利が見事な仏を彫っておりましたぞ。兄上に献上するのだと言って意気込んでおりました。あの調子ならば年内には出来るでしょう」

「楽しみじゃな……」

「先ほど秦河勝も次は斑鳩に寺を建てると申して忙しそうにしておりました。法興寺と同じほどの寺だそうで、それはまた大変な普請になりますすな」

「竹田王様の悲願じゃ……」

そう言ってから厩戸は、何かに気づいたように目を見開いた。

「河勝を呼んでくれ。言い忘れておることがある」

急に厩戸が力のこもった言葉を吐いたために来目は驚いたが、慌てて河勝を呼びにやった。

しばらくして参上した河勝が縁先に現われた。

「何かお気づきになったことがおありとか」

庭先に現われた河勝を見て厩戸も縁先に出た。そして西の方角を指さした。

「法興寺と同じではない。塔を南に、その北に金堂を建てるのじゃ。西から見たときに塔と金堂が、なるべく重ならぬように」

しばらくの間をおいて、河勝は厩戸の言わんとすることを理解した。

「四天王寺と同じく塔と金堂が一つずつということは以前に伺いました。西から見て重ならぬようにというのは、難波から来たときに見える配置のことでございますな。必ずしも正しく南北に並べずとも良いと」

河勝が手振りを入れて答えると、厩戸もうなずいた。

「承知いたしました。まだ地固めに入ったばかりですので、ただちに修正いたしまする」

そう言うと河勝は慌てて出て行った。

「そうか、南からではなく西から見たときの見栄えが大切なのですか」

来目が感心したように言った。

「西から来る他国の使者が、驚くような寺を造れと竹田王様が言われた」

「それにしても良いときに思い出されました」

「竹田王様は細かなことまでは言われなんだが、そのとき我の思い描いた光景がそうであった。それを思い出したのじゃ」

「なるほど。お考えが前向きになった証かもしれませぬな」

来目はそう言って笑った。

「いずれは母上にもお会いくださいませ。兄上がお元気になられたあとで結構ですが」

その言葉には、厩戸は無言のままであった。

九月、密かに入国した新羅の間者を捕らえたと対馬より知らせがあった。

二年前に任那に侵攻した新羅軍を、倭国は一万余の兵を渡海させて押し返し、その後はにらみ合いが続いていたが、それに関連した動きであったろう。

「倭国の中を動揺させるために、また大王のお命を狙おうとしたのかもしれませぬ。新羅らしいやり口で」

蘇我馬子は推古大王に報告した。

「その者は倉梯の大王を殺害した者なのか」

「迦摩多（かまた）と申す者で、間違いなかろうと思いまする。また竹田王様と阿佐王を襲ったのも、その者かもしれませぬ」

「いかがする。殺すか」

馬子は少し考えたが、

「無論、首をはねまする。しかし処刑したと新羅に知らせる必要もないでしょう。東国へでも流したことにいたしましょうか」

と表情を動かさずに答えた。

「ああ、全て任せよう。それにしても腹立たしいことじゃ。何度押し返しても忘れたころに出てくる。このあたりで大きく叩いてやろうか。年明けに大挙して新羅領内に押し寄せ、釜山(プサン)あたりを占拠すれば任那どころではなかろう」

「そうでございますな。驚かせるだけでも良い示しになりましょう。ただ新羅本国への攻撃となると、兵数は前回よりももっと多く二万以上は必要でしょうな。士気を高めるためには、どなたか王族の方に率いていただければと。尾張王様はいかがでしょう」

「あの子は酒にだらしがないゆえ、長い遠征が続くと酒ばかり飲むのではと心配です。かえって兵の士気が下がるのでは」

大王は少し考えていたが、

「来目王はどうであろう。昔から兄の厩戸とは違って、馬で駆け回ることが好きだと申しておった。物部との戦で手柄を立てた竹田に憧れていたとも聞くが」

と提案した。

「たしか来目王様は二十歳をいくつか越えたお年でしたな。多少若いようにも思いますが、しかし日嗣御子の弟が指揮しているとなれば、兵も鼓舞されましょうし新羅も尋常ではないと恐れるでしょう」

馬子はそう答えたが、正直なところ王族なら誰でも良いと考えていた。二年前の出兵では馬子の弟の境部臣(さかいべ)が指揮を執り大きな成果を上げていた。再び弟の指揮で大勝しては、蘇我本家が脅かされるかもしれないという危惧もあった。結局、来目王を将軍として兵数二万以上で新羅を攻める方針が決定し、準備に動き出すことになった。

「それから斑鳩の寺の普請が始まりましたようで、併せて小墾田宮も普請にかかろうと思います。そのほうが材の切り出しに都合がよろしいので」

「判りました。厩戸と母親は斑鳩に住んでいるのですね。何とかやっているのですか」

「厩戸王様は寺の普請にも時折指示を出されるそうで、徐々に回復はされているようだと。司馬止利が近々、仏像を届けるそうです」

「都から離れたところで静かに暮らせば、心が波打つことも少なかろう。何とか立ち直ってくれれば良いのだが」

推古大王は祈るように目を閉じた。

十二月に入った頃、司馬止利が彫り上がった仏像を持って斑鳩を訪れた。

止利は来年ようやく二十歳になるという若さであるが、幼い頃から父の元で仏像作りを学んで、技術では国内随一と言われるほどの仏師に成長していた。

輿のように二本の木材を前後二人で持って、布でくるんだ仏像を斑鳩宮まで運んだ。慎重に宮の内まで運び入れてから、止利と助手たちが控えていると厩戸が現われた。

「寒い中、遠方まで運んで苦労したであろう」

厩戸が声をかけると、止利が恐縮して答えた。

「お久しゅうございまする。以前に法興寺でお目にかかって以来でございまする。此度は未熟な我などに仏像作りをお命じいただき、身の震える思いで一心に刻みました。御心に叶うものかどうか判りませぬが、どうぞご覧くださいませ」

止利と助手たちが白布をほどくと、真新しい木彫りの仏像が姿を見せた。

「ほう……、これは」

思わず声を漏らした厩戸は、立ち上がって像に歩み寄った。座った姿の釈迦の像で、右手は指を上にして正面に向け、左手は逆に指を下向きにしている。穏やかな表情は微笑んでいるのかも判らぬほど控えめで、かえってあらゆる感情がそこに凝縮しているようにも思える。流れるように這う衣の線も停滞がなく、木彫りであることを忘れるような軽やかさである。

「これは見事じゃ。ようもこのお顔の表情ができたものじゃ」

厩戸は興奮して息がかかるほど近くへ顔を寄せた。

「はい、法興寺の仏像を見てから、いろいろと考えてたどり着いたのがこのお顔でございます。誰もが手を合わせたくなるには、あまり強く表情を出さず、見る者の心でいかようにも見えるのが良いと思い至りました」

「ようそこまで考えたな。仏像作りの技だけでなく、その奥の心にまで触れようとしておる。そなたは仏法の心を知る良い仏師になるであろう」

「過分なお言葉、嬉しゅうございまする」

止利は頬を赤らめて、礼を言った。

「これも父や叔母の修行の様子を、見聞きしてきたおかげかもしれませぬ」

「そうかもしれぬな」

厩戸の脳裏には、修行に励む善信の姿が思い浮かんだ。

仏像を宮の内に安置したあと、厩戸は止利に尋ねた。

「これは木彫りだが、銅作りの仏像はできるか」

「実は今、それを父と試しております。なかなか難しい技が必要で失敗続きでございますが、百済の匠にも教えを乞うて、少しずつ形になりかけておりまする。あと三年もすれば、おそらく銅製の仏像も作ることができるかと」

「そうか、それは楽しみじゃ。我も木彫りで御仏を作ってみたくなったが、できるであろうか」

「それはぜひお作りくださいませ。道具などまたお届けに上がりましょう」

「いや、余計なことでそなたの時を無駄にしてはいかぬ。誰ぞに取りに行かせよう。これからも仏法の興隆のため力を尽くしてくれ」

「ははっ」

美しい仏像を見た感激からか、厩戸の心は晴れやかになったようであった。


年が明けて二月になると、斑鳩の寺のための材木が次第に集められ積み上げられるようになった。厩戸もときおり普請の様子を見るために姿を見せた。

「塔の礎石になる良い石が見つかりました。近々引いて参ります」

秦河勝が忙しそうに報告した。

「また任那の救援で出兵するそうで、人手があるうちに運ばぬと困ったことになりますので」

「出兵するのか」

「そのようでございます。ああ……」

言いかけて河勝は言葉を濁したが、厩戸はそれには気づかなかった。

その数日後、来目王が訪ねてきた。

「久しぶりじゃな。しばらく姿を見せなんだが、病でもしていたのか」

先ほどまで仏像を刻んでいた厩戸は、衣に着いた木くずを払いながら現われた。

「いえ、いろいろと忙しいことがありまして。兄上は仏像を彫っていると聞きましたが、真のようでございますな」

「ああ、なかなかに面白い。面白いと言うては不敬かもしれぬが、ふと気づけば心が無になっておることがあって、経を唱えることと似ておるのではないかと思ったりもする」

「それは良いことをお見つけになりました」

生気のある兄の表情を見て、来目王は安堵した。

「母上はどうじゃ、変わりはないか」

「はい、あまりお話しにはなりませんが、穏やかにお過ごしのようです。いずれ良い仏像が彫り上がりましたら、母上に差し上げたらいかがです」

「人に見せるなど、まだまだ先のことじゃ」

厩戸はそう言って苦笑した。

「ところで兄上にお伝えせねばならぬことがございます。我は此度、新羅討伐の将軍として西国へ参ることになりました」

突然の来目の言葉に厩戸は驚いた。

「なにっ、新羅征伐にそなたが」

「はい、大王様よりご指示があり、喜んでお受けいたしました。兄上を心配させぬよう黙っておりましたが四月には出発いたしますので、ご挨拶に参りました」

「そなたのような若い者が行かずとも、ほかに誰ぞおるであろう」

「いえ、我は良い機会を得たと思うのです。弟たちが田目の兄上を殺めたこともあり、我が兄弟は王族の中で禍々(まがまが)しく見られております。我が新羅を討って、それを少しでも消し去ることができればと思うのです」

　弟はあえて口にしなかったが、自分や母のこともあるのだろうと厩戸は察した。

「そうか、苦労をかける」

「大したことはありませぬ。長くても一年もすれば戻ってこられるでしょう。我は竹田王様のように戦で功を立てたいと思っておりましたし。新羅へ攻め込んで都を落とせば、もう少し長くかかるやもしれませぬな」

　生気が消えた兄の様子を見て、来目王は取り繕って笑った。

「それまで兄上も、もっと元気におなりください」

「ああ、そなたも無事で戻るように」

　兄弟は見つめ合って言葉を交わした。

　四月一日に来目王は筑紫に向けて出発した。

　大和川の南岸を行く兵列を、遠い対岸から厩戸は見送った。きらびやかな甲冑を身につけた馬上の来目王の姿は、遠目にもよく判った。手を合わせて無事を祈る兄の姿に、来目王も気づいて大きく手を振った。

「息災で戻って来られるであろうか」

つぶやくように言う厩戸に、付き添っていた菩岐々美(ほききみ)が驚いて答えた。

「必ず戻って来られます。ご心配になられますな。来目王様ならばきっと大きな手柄をお立てになって」

「これが今生の別れになるような……」

「そのようなことは決してございませせぬ。口に出されては真になってしまいましょう。ただ一心に無事をお祈りいたしましょう」

いつしか来目王の姿は遥か先に消えていた。菩岐々美は厩戸の背中に手を添えて、

「そろそろ宮へ戻りましょうか」

と促した。

「そなたの妹は来目の子を産んだのであったかな」

「いえ、まだ身ごもったところのようです」

「そうか、産まれるころには戻って来られるかもしれぬな」

「そうでございますね。来目王様も楽しみにしておられるはずです」

菩岐々美の妹の比里古(ひろこ)は池辺宮で働いていたが、いつしか来目王の手が着いて嬪となっていた。来目王の正室は推古大王の娘の弓張王で、すでに二男一女がいる。

「楽しみじゃ」

「寺も出来上がりますし、楽しみなことばかりでございますよ」

菩岐々美はそう言うと、厩戸の手を取りながら斑鳩宮への道を戻った。

十四

都では推古大王の新しい宮となる小墾田(おはりだ)宮の普請が始まっていた。

かつて竹田王が構想していたとおり雷丘の東の地で、南を向けば法興寺の塔がそびえている。

普請の現場を訪れた大王と馬子は、感慨深くその光景をながめた。

「ようやくこのように朝廷と仏法が支え合うような世になりました。物部と争ったあの頃を思えば、夢のようでございまする」

「今にして思えば、あの者たちも何に反対していたかも忘れるほどであろう。新しい知識や技術がもたらされて国も栄えていく。我が国の知恵だけではあのような寺は建っておらぬであろう」

「今後は仏法に限らず、他の知識や制度を導入したいと考えております。新しい宮が出来るのを契機に、宮人の働きぶりなども整えたいと。朝廷の行う仕事が増えるのと同時に、仕える宮人も増えていくことでしょう。一人一人に目を光らせるよりは定めに従い守らせるほうが得策。そのような決まりを作ろうかと思います」

「なるほど。他国の使者が来たときに笑われぬように、朝廷の内も整えておかねば。今後も諸事、大臣に任せましょう」

「ははっ」

　馬子は頭を下げて答えた。

「新羅との戦はどうなっておるのですか」

「任那の兵糧が不足しているとのことで、まず兵糧を運び込んだそうですが、来目王様が病にかかって指揮が停滞しているとのこと。念のため我が弟の境部摩理勢（さかいべのまりせ）を派遣したところでございます」

「来目王が病とは、重いのか」

「熱が出て伏せっておられたそうで、おそらく他国から伝わる病でしょう。回復しつつあると知らせが来ましたので、心配はないと思いますが」

「それならな良いが、なかなか思い通りに進まぬものじゃ」

推古大王は手にした扇の陰で、ため息をついた。

「厩戸があのようなことゆえ、来目には期待しておるのじゃが。やはり兄上の子たちは、兄と同様に弱いのかも知れぬ」

「大王様の御子の尾張王様のほうが、生きることについてはお強いかもしれませぬぞ」

「何も考えておらぬからな」

そう言ってから大王は、もう一度ため息をついた。


斑鳩では厩戸がますます作仏に集中していた。

一木に彫るだけでは同じように直立の姿しか作れぬということで、寄せ木をして座像にしたり、腕を広げたりということも覚えた。

「今度はお座りになったお姿ですか。このように別の木を組み合わせて彫るのですね」

厩戸が彫るのを、側で菩岐々美が感心したように眺めている。

「見事なものでございます。厩戸王様には仏師の才がおありになるのでしょうね」

「ただ面白いゆえ彫っておるだけじゃ。仏師の才などと言ったら笑われよう」

手を動かしつつ、厩戸は答えた。

「母上様のところへも一つ、差し上げたらいかがでしょう。喜ばれると思いますが」

その言葉に、初めて厩戸の手は止まった。

「母上にどんな御仏を差し上げるというのじゃ。あのような救いようのないお方に」

「救いようがないからこそ、御仏の御力が必要なのではございませぬか」

厩戸の険しい表情に少しひるんだものの、菩岐々美は遠慮せずに言い返した。

「仏法の救いが一番必要な者は、弱い女人なのではございませぬか。御仏の教えも届かぬ女人までも救ってこそ真の仏法でございましょう」

「そなた、菟道のようなことを言う……」

「ご無礼を申しました。でも菟道様ならばそのようにおっしゃると思うのです」

鑿(のみ)をもったまま厩戸は考え込んで、しばらく動かなかった。心配になった菩岐々美は側へ寄って顔をのぞき込んだ。

「そういうことかもしれぬ。善信があの三経を我に渡したのは……」

「えっ、善信様が」

「御仏の力で母上を救えと、そう言いたかったのかもしれぬ。今ようやく気がついた」

　手にしていた道具を放り出すと厩戸は立ち上がり、奥の間へ入って経典を手に取った。法華経、維摩経、勝鬘経の三経である。これらの経典は特に女人の救済についての内容というわけではないが、仏法を学ぶことの少ない女人には触れる機会のない教えである。仏教発祥地のインドでは男女にかかわらず信仰が盛んで、特に勝鬘経は熱心な教徒の勝鬘夫人が自らの信仰を語り、それを釈迦が褒めて認めたという内容を経典にしたものである。女人も信仰を極めたならば、釈迦の近くへ進むことが出来る証明であり、これを判りやすく講義すれば女人を力づけることになるかもしれない。

「これを誰にでも判るように易しく説き起こしたならば、男女を問わず多くの者に理解されるようになるかもしれぬ」

　現状では法興寺で僧師が読みと解釈を教えて、僧尼になろうという者たちが学んでいるが、その者たちにとっても真に理解するのは困難と言える。

　その日から厩戸は机に向かい、勝鬘経の解釈を筆記し始めた。以前に法興寺で講義を受けた記憶をもとに、できるだけ平易な表現で書くことに努めた。解釈に迷うと、法興寺の恵慈僧師に文を書いて教えを乞うた。執筆に疲れると、筆を鑿に持ち替えて仏像作りに励む毎日であった。

「お忙しいことでございますね。ぼんやりしておられるよりは良いことだと思いますが」

様子を覗きに来た河勝が声をかけた。

「ときには寺の普請もご覧くださいませ。近々、塔心を建てる作業に入りまする。法興寺の恵慈様より仏舎利を分けていただくお許しも頂戴いたしました」

「そうか、その礼も言わねばならぬな。法興寺は相変わらずか」

「先ごろ百済から観勒（かんろく）という新たな僧師が来朝して、天文や暦のことを教えております。これが仏法と違って話が面白いのでしょうな。結構な人気で学生（がくしょう）が詰めかけて大変な評判になっております」

「ほう、そんなことが」

「日や星の動きによって吉凶が決まるそうで、それを知るためには暦というものを定める必要があるとのこと。行く行くは我が国もこの暦を取り入れることになるのでございましょうなあ」

河勝は少し困ったような顔で言った。

「あまり新しいものが入ってくると、若い我らでもついて行けませぬ」

「そなたのような若者でもそうか」

厩戸は久しぶりに声を上げて笑った。

その年の暮れには勝鬘経の解釈は完成した。

「これを母上に、どう届けたものか」

悩む厩戸に菩岐々美は言った。

「それはやはり厩戸様が自らご説明せねば意味がないでしょう」

菩岐々美も上宮で仕えて以来十年の歳月が流れて、次第に過度な遠慮もなくなり、この斑鳩宮では最も側にいる存在になっている。

「我が行かねばならぬか。善信にでも頼めぬものかな」

「何を仰せです。善信様もきっとお断りになります。もういい加減にこだわりを捨てなさいと言われますよ」

「こだわってはおらぬ。ただ人として許せぬというだけじゃ」

「許す、許さぬと考えるのが厩戸様のこだわりではございませぬか」

「ならば母の為したことを、そなたは認めるというのか」

「人はときには過ちもございます。いつまでも許されぬのでは救いはないというもの。御仏も悔い改める者はお許しになるのでございましょう」

菩岐々美の言葉に反論も出来ず、厩戸は黙った。

「仕方がない。我が出かけるとしよう。そなたも付いてきてくれるか」

「承知しました。お供いたします。されどいきなり経典の講釈では母上様もお聞きにならぬでしょう。厩戸様の作った仏像を差し上げるということでお訪ねする方がよろしいかと」

「たしかに、そうかもしれぬな」

菩岐々美の助言を容れて、年が明けた数日後に厩戸は母の住む宮を訪ねた。

歩いてもすぐの距離であったが、近づくにつれ気が重くなり、何度も引き返したくなる思いを抑えるのがひと苦労であった。

斑鳩宮より小さい宮で、ここに穴穂部間人と娘の佐富、あとは侍女や家人たちが数名住んでいる。あらかじめ知らせてあったために門は開いており、厩戸は騎乗のまま邸内に入った。

屋敷の内に入ってしばらく待つと、母が姿を現わした。あの地震以来、五年近く会わない時が過ぎていたが、母の容姿はさほど変わったように見えなかった。

「やっと来てくれましたね。待っていましたよ」

笑みを浮かべて言う様子は屈託のないものであった。

「我もいろいろありましたので」

「そうでした。妃と白鷺は不幸なことでしたね」

「ようやく心も落ち着きましたので、新年の挨拶とともに、我の彫りました仏像をお持ちしました。どこぞに置いていただければと」

後ろに控えていた菩岐々美が、布にくるんだ仏像を厩戸へ渡した。厩戸が布から取り出し、母の前へと差し出した。一木作りの膝の高さほどの像で、彩色もほどこしてある。

「まあ、これをそなたが作ったのですか」

手に取った母は、まじまじと仏の顔を見つめた。

「なんと可愛らしい、赤子のようですね」

「稚拙でお恥ずかしいですが、多少でもお慰みになればと」

「仏法のことなど何も知りませぬが、どうしたらよいのですか」

「何も難しいことはありませぬ。最初はこの仏に手を合わせるだけで良いのです。静かに心の内を見るということが大事なのです」

そのあと厩戸は持ってきた勝鬘経の解釈を取り出し、それについて説明をした。穴穂部は困った顔をしたものの、大人しくそれを聞いていた。

「母上も文字は読むことができるでしょう。ときどきにでもこれを読んで、ご自分の心の内を見渡してみてください。きっと心に平穏が訪れるはずです」

「判りました。そなたが私のために書いてくれたものならば、ありがたくいただきましょう」

穴穂部は仏像と解説書を、かたわらの侍女に手渡した。

「私も仏道に励みますゆえ、そなたもそろそろ田目王を許してくれますか。いつ東国から戻るのでしょう」

　母の言葉に厩戸は唖然とした。侍女に視線を向けると、困ったように侍女は顔を伏せた。

「もう許してくれても良いでしょう。ときおり佐富（さふ）が会いたいと言うので困るのです。来目にも頼んだのですが、近ごろは顔も見せぬようになりました」

「それは朝廷の決めることで、我は如何ともできませぬ。また大臣に聞いてみましょう」

　厩戸はそう偽りを言って、その場はごまかした。

「良い御仏が出来ましたら、またお持ちいたしましょう」

「ええ、楽しみにしていますよ」

　母は穏やかな笑みを見せた。

　帰りの道で厩戸は菩岐々美に言った。

「あの一件についてはまったく覚えておらぬようじゃ。真を告げたものかどうか」

「お忘れになっておられるなら、あのままで良いのではございませんか。驚きや悲しみが大きすぎたために心の内から消えたのでしょう。もう一度知ったとしてもお辛いだけのことでは」

「そうじゃな」

　そう答えて厩戸は斑鳩宮へ戻った。

ひとまず母との隔たりが小さくなり、厩戸の心は軽くなった。再び仏像作りに没頭する日々に戻った矢先、その知らせは突然に蘇我馬子から届いた。

「来目王様が筑紫で病死なさいました。周防国の佐波において殯宮(もがりのみや)を建てて弔(とむら)うそうにございます」

使者の口上を聞いても厩戸は信じられず、使者を問い詰めた。

「病死とはいかなることじゃ。いつから病に罹(かか)っておったのじゃ」

「昨年の夏頃からと聞いております。他国の者がよく罹る熱病だと」

「そのようなことは少しも聞いておらぬぞ」

「秋ごろには治りかけておられたようで、大臣様も回復に向かうものと思っていらっしゃったようです。厩戸王様の御心を乱さぬよう、お知らせにならなかったものと」

使者が帰ったあと、厩戸は声を上げて泣いた。

「なぜ我の大切な者ばかりが死んでいくのじゃ。本当に御仏はいらっしゃるのか」

夕刻の暗い部屋の中で、厩戸は止利が作った仏像を前にして座り続け、心の内で問いを繰り返した。しかしその答えはなかった。

明かりを持って現われた菩岐々美が燭台に火を灯すと、厩戸と仏像の影が長く揺れて、両者とも生きておらぬように錯覚した。

「厩戸様」

不安になった菩岐々美は、思わず声をかけた。それに反応して厩戸の身体がわずかに動いたために、安堵して菩岐々美は座り込んだ。

「御仏は何も答えてはくださらぬ」

仏像を見つめたままの厩戸がそうつぶやいた。

「なぜであろうか」

「私には判りませぬが、お辛いことを乗り越えたときに、人は強うなるものだと感じます。御仏のお心など推し量ることも不遜でございますが、私は厩戸様にお強くなっていただきたいと願うばかりですわ」

そう語る菩岐々美の目から次々と涙がこぼれ出た。

「我に強うなれと御仏も仰せなのか」

厩戸はあらためて仏像を見つめたが、静かに浮かべた微笑みは変わることがなかった。

朝廷は来目王に代わる将軍として、腹違いの兄の当麻王を任命した。

当麻王は用明大王と葛城氏の嬪との間の子である。厩戸王より一歳若く、妹は斎王として伊勢に下っている。

当麻王はすぐに西国に向けて出発したが、なぜか妃の舎人王も同行していた。舎人王は用明大王や推古大王の妹に当たる。

病死した来目王の代わりということに不吉なものを感じ、舎人王はこの出征に不満があった。姉の推古大王に抗議したが受け入れられず、思い余って夫に同行していた。推古としては他の王族ではなく、兄の用明の子たちに武功を挙げさせて朝廷内で地位を与えたいと考えていたかもしれない。しかしその思いは舎人王には届かず、船が明石まで進んだとき、舎人王は剣で胸を突いて自害した。身を捨てて当麻王の出征を止めようとしたのである。指揮を執る将軍の妃が死んだという不吉な事実は忌み嫌われ、当麻王は都に引き返すことになった。

「妹がそこまで思い詰めておるとは知らなんだ。可哀想なことをしました」

さすがに推古大王も落胆の色を隠せなかった。

「今から次の将軍を決めて出兵となると冬になりまする。無理に推し進めるよりも一旦考え直したほうが良いかもしれませぬ」

蘇我馬子の意見に大王も同意した。

「まもなく小墾田宮も出来上がりまする。新たな宮へ移り、新たな政を始めることで人心も新たになるでしょう。此度のことは民の心から消し去ることが得策かと」

「兄上の子たちを朝廷に起用しようと思ったが、それがこうも裏目に出るとは。もはやその考えも捨てた方が良いかもしれぬ。竹田が生きておればこのようなことにはならなんだが」

「大王様もお疲れのご様子。しばらくはご静養くださりませ。政は我が取り仕切りまする」

「宮人を戒める新たな定めを作ると申しておったが、あれはできたのですか」

「はい、六か条の戒めを作りました。大王の命には従うこと、上下の礼を守ること、仏法を敬うこと、賞罰は正しく行うこと、税を貪り取らぬこと、出仕と退出は決められた時刻を守ることの六か条です。当たり前のことですが、この際もう一度、宮人に言い渡すつもりです」

「新たな政の良い出発になろうな」

「もう一つ、位階というものを作り、宮人に序列を定めようと思っております。徳仁礼信義智の六位階に上下をつけて、全部で十二階に宮人を分けます。こうすれば上下の区別が明らかになり、誰に礼を示したら良いか判りやすくなります。また務めに励む者は位階を上げることで一層精勤するようになるでしょう」

「それはどうしたら判るのじゃ。皆の位階を覚えねばならぬのか」

「そこで考えましたが、冠にそれぞれ色の違う布を縫い付けさせて、色を見ただけで位階が判るようにいたします。色は覚えねばならぬでしょうが、それは徐々に身につくでしょう」

「なるほど、面白い。出仕して時を過ごすだけの者もおるであろうから、引き締めになるに違いない」

大王はうなずいて承諾した。

この年の十月、朝廷は豊浦宮から小墾田宮へと移った。推古大王が即位して十一年目のことであった。

これ以後も厩戸王は朝廷に戻ることなく、斑鳩宮で経典の解釈と仏像作りに没頭した。先に仕上げた勝鬘経に続いて維摩経、法華経の解釈書を著わした。これらは後に三経義疏(ぎしょ)と呼ばれるようになる。

仏像作りでは母に捧げるために、姿を似せた菩薩を彫ることを思いついた。記憶の中にある最も美しい母の姿は、あの物憂げに指を頬に当て、足を組んだ姿である。寄せ木で作るために細工が難しく、納得がいくまでに何体か作り上げた。そのうちの一体は秦河勝がもらい受け、のちに秦氏の氏寺である蜂岡寺の本尊となった。

もっともよく出来たものは母の元へ届けた。優しげな表情が美しい菩薩半跏像である。母の穴穂部間人は毎日この像を拝み、心の平安を得たという。

厩戸王に付き従い、身の回りの世話をした菩岐々美は、数年後に厩戸の嬪となり、数人の子を産んだ。その中の泊瀬王は、母と田目王の娘、佐富王を妃とする。

朝廷が小墾田宮へ移った二年後、斑鳩の法隆寺も完成した。竹田王が構想したとおり、難波から大和へ入る途上で、大和川の対岸に見える塔と金堂の姿は美しく、この国の文化の高さを示すのに十分であった。

厩戸は司馬止利の作った薬師如来像をこの寺の本尊としたが、止利が法興寺のために銅作りの大仏を完成させると、それまで法興寺にあった百済の仏師が刻んだ像をもらい受けた。この像を運ぶ際に竹田王が命を落としたということもあってか、どこか竹田王の面影がその表情に残っているように思えたからである。のちに誰が言うともなく、この像は百済観音像と呼ばれるようになった。

止利は法興寺の大仏を完成させたあと、厩戸王の依頼を受けて銅製の仏像を鋳造した。かつて作った木造の薬師如来像をもとに、左右に小さい脇侍(わきじ)を置いた釈迦三尊の像である。三尊の背後に大きな光背を置き、その細工がまた見事と言うほかなかった。

「作るたびに腕が上がるのう。仏も見事じゃが、この光背はまた」

厩戸はそう言いかけて、賞賛する言葉がなく黙った。

「ありがとうございまする。なかなかこの大きさで鋳るのは難しゅうございました。いっときに大量の銅を使いますので、大勢が息を合わせて動かねば危のうございます。法興寺で大きい御仏を鋳造したおかげで、いろいろと学ぶことができました」

「仏が大きすぎて堂内に入れるのに、堂を壊そうとしたと聞いたが」

「いえ、あれは組み合わせたまま入れようとして騒ぎになっただけで、台座を取り外せば簡単に運び入れることができました」

光背を見上げつつ止利が笑った。

「そのようなことか。しかし技を知らぬ者から見れば、このような像を銅で作るなど神業に見えよう。そなたの技を次に伝えることも必要じゃな」

「我の身内の者が数名、手伝ってくれておりますが、ほかに学びたいと申す者もおりますので、そういった者たちにも教えることも必要かもしれませぬ」

「一族の秘伝にしたいのも判るが、仏法が廃れては何にもならぬ。ますますの興隆のため仏像作りの技も広めてほしい」

「承知いたしました。また新たな御仏が出来ましたらお持ちいたしましょう。次は弟子の作になるかもしれませぬが」

「ああ、それも楽しみじゃ」

厩戸は嬉しそうに笑った。

「厩戸王様もずいぶんと御仏を作られておるとか。よろしければ我の工房で彩色や金箔を施しましょうか。さらに見栄えが上がりまする。木彫りのままでは割れが出たりして長持ちしませぬので」

「そうなのか。すでに母や河勝にやってしもうたものもあるが、それを頼もうか」

「保存にも土倉を一つ建てられて、そこへ入れた方が万が一、火が出たときにも安全でございます」

　厩戸が刻んだ仏像は、斑鳩宮や法隆寺のあちこちに無造作に置いてある。

「それほど大事なものでもないが」

「いえ、厩戸王様が自ら作られたとあれば、我の作ったものよりも貴重になるに相違ございませぬ」

　止利はかたわらで聞いていた秦河勝に目をやった。

「承知しました。すぐに土倉を建てて保管できるようにいたしましょう」

　慌てて河勝は答えた。


　推古大王の十六年、隋の使者が帰国するのに従って、数名の学生たちが隋に渡ることになった。選ばれたのは高向玄理、南淵請安、旻(みん)など法興寺で学んでいた者たちである。彼らが出発前の挨拶に斑鳩宮を訪れた。

「このたび我らは隋へ渡り、かの地の文物を学んで来ることになりました。これも法興寺で勉学させていただいたおかげにございます。厩戸王様に一言御礼を申し上げようと、皆で参りました」

高向玄理が進み出て、厩戸に感謝を伝えた。

「そうか、わざわざ礼など必要もないが。しかし本当にそなたらが隋へ渡る日が来ようとは、目出度いことじゃ」

斑鳩宮の縁先で厩戸は座り込んで、若者たちに語りかけた。

「ようやくこの国も新しい知識や技術に目覚めたばかりじゃ。これからそなたたち一人一人の学ぶことが礎となり柱となって、次の新しい国の形が出来上がっていくであろう。どうか一人も欠けることなく、息災で戻ってくるように。我は毎日、そなたらの無事を祈っておるぞ」

そう言って一人一人に声をかけた。若者たちは感極まるように厩戸王の名を呼んで周囲に集まった。涙を流している者もいた。

「これこれ、そのように一時に話しておっては何を申しておるのか判らぬではないか」

厩戸王はそう言って笑ったが、その目にも涙が光っていた。

彼らが隋へ渡ってから十年後に隋は滅び、あらたに唐が建国する。その激動の中、彼らは勉学を続け、旻は二十四年後、玄理や請安は三十二年後に帰国。大化の改新と呼ばれる政治改革に大きな役割を果たすことになった。

四十歳を越えた厩戸王は、すでに心の病からは回復していたが、もう都に戻ることはなかった。

斑鳩宮周辺には来目王の子を産んだ比里古(ひろこ)も、小さな住まいを建てて移り住んだ。姉の菩岐々美を頼りにして、互いに行き来をして賑やかに暮らした。それぞれの宮を区別するために斑鳩宮を上宮(かみつみや)、穴穂部間人の宮を中宮(なかつみや)、そして比里古の住まいを下宮(しもつみや)と呼び分ける者もいた。

ある秋の朝、厩戸が宮を出て法隆寺に向かうと、門の前で塔を見上げる善信の姿があった。供も連れず、ただ一人だけで佇(たたず)む姿に不思議な気もしたが、それでも厩戸は嬉しかった。

「久しぶりじゃな。このように早朝からどうしたのじゃ」

善信は微笑んで静かに頭を下げた。

「秋の山を背にすると仏塔もさぞ美しかろうと思いまして、参拝に伺いました」

「たしかに」

厩戸も塔を見上げた。背後の山の紅葉が、朝の日を浴びて輝くように見える。

「思えば不思議な御縁でございましたな」

涼やかな風が吹き抜けるように、善信の言葉が通り過ぎた。

「そうじゃな。そなたがおったから我も仏道に足を踏み入れることになった。そなたが我にとっては仏道の師であったかもしれぬ」

「もったいないお言葉でございます。私も厩戸王様がおられたからこそ、若い頃は本心を押し殺して仏道しか見ぬようにしておりました。今にして思えば何か意地になっていたのでしょうね」

「本心とは、いかなることじゃ」

「それは今さらもう……。忘れてしまいました」

善信は少し淋しげに笑った。

「それでもこうして仏法の興隆に役立ったのであれば、私の一生も無駄ではなかったのでしょう」

「無駄どころか大きな役割を果たしたのは違いない。多くの者が御仏を信じることで心の安らぎを得ておる」

「そうでございますね。皆の安らぎにつながっているのなら、私も信じても良いのかもしれませぬ」

「えっ」と厩戸が振り返ったとき、そこには誰の姿もなく、ただ秋の風に数枚の落ち葉が舞うだけであった。

あとになって、この日の明け方に善信が入滅したと知らされた。

厩戸王が四十八歳の年の暮れ。母の穴穂部間人が病で寝込んだ。すでに六十代の半ばになり、当時としては十分な長命である。斑鳩に移ってから二十年が過ぎており、穏やかに暮らしたことが長命につながったのかもしれない。

厩戸や菩岐々美もたびたび看病に訪れたが、発熱のため次第に衰弱して死期が迫っていた。

「そなたたちには迷惑をかけましたね」

枕元に座る厩戸に、うつろげに母は声をかけた。

「何を迷惑など。母上はご自分の生きたいように生きただけです。そのような道も人にはあるのでしょう。今となってはうらやましいほどです」

自分でも意外なほど優しい言葉が、厩戸の口から出た。その気まずさを隠すように、母の手を握った。

「そなたが作ってくれた御仏を毎日拝んだおかげで、こうして心やすく逝（い）くことができます。私が死んだあとは中宮（なかつみや）を女人の寺として、あの御仏をお祀（まつ）りしなさい。きっと多くの女人が救われることでしょう」

「承知しました。もう何もご案じなさいますな」

穴穂部間人は手を取られて眠るように目を閉じると、そのまま息を引き取った。

年が明けて一月の末、今度は菩岐々美が病で寝込んだ。穴穂部の周辺で流行っていた病がうつったようであった。

厩戸は比里古とともに懸命に看病したが、熱は容易に下がらなかった。数日間、食べ物も摂(と)ることができず次第に弱っていくばかりであった。

「そなたがおらぬようになったら、我も生きてはいけぬ。死んではならぬぞ」

「それは褒め言葉にございますか」

「ああ、褒めておるのじゃ」

枕元でうろたえる厩戸を見て、菩岐々美は弱々しく笑った。

「少しは菟道様の代わりが出来ましたでしょうか」

「何を申すか。菟道は菟道、そなたはそなたじゃ。誰の代わりでもない」

厩戸の後ろで比里古も泣いていた。

「そなたがこれまで我を生かしてくれたのじゃ。そなたがおらなんだら菟道が死んだあとすぐに我も死んでおった。そなたがおればこそじゃ」

菩岐々美の手を握って厩戸は涙をこぼした。

「お役に立てて良うございました」

そう言って笑みを浮かべたまま、菩岐々美は息を引き取った。

翌日、比里古が目覚めると、菩岐々美の遺体を抱くように厩戸がうつ伏せていた。慌てて駆け寄り声をかけると、厩戸王は薄く目を開けたが、熱で朦朧（もうろう）としていた。

「いけませぬ、厩戸王様も熱が」

「良いのじゃ。我も菩岐々美とともに死ぬ。このままで良い」

すでに数日、心配で食事もしていなかったために衰弱も早かった。あまりのことに比里古は何も出来ずに、驚きと恐怖と悲しさをもって、ただ二人の姿を見つめるばかりであった。

「我が死んだら二人を同じ棺に入れて、この斑鳩に葬るよう河勝に伝えてくれ。小さな墳墓で良い。法隆寺の西にでも邪魔にならぬように……」

「承知いたしました」

比里古はその言葉を聞いて、自らも覚悟を決めた。誰にも知らせず、家人らも室内に入れずに、厩戸が息を引き取るまで寒い部屋の外で待った。

夕刻、厩戸の様子を確かめると、その身体はすでに冷たくなっていた。二人の遺体に手を合わせたとき、ようやく比里古の両目から涙があふれ出た。

厩戸王、四十九歳の生涯であった。

十五

藤原不比等は、この数日、国記のあちこちに手を入れて、厩戸王の業績を書き加えていた。

蘇我馬子が行った十二階の冠位や、六か条の戒めも厩戸王が定めたように手直しした。不比等なりに思うところを書き足して六か条を十七か条にした。

「まこと、あなたらしゅうございますこと」

「我が加えた条文が判るか」

修正した部分を読みながら妻の三千代は笑った。

「それはもう。蘇我大臣が定めたのは物事が明らかでありますのに、あなたが付け加えたものは何だかぼんやりとした心の持ちようのようなもの。順序を入れ混ぜたほうが良うございますよ」

「そうかな」と言って不比等は不満そうに口を結んだ。

「今の宮人らの働きぶりについて、日頃から不満に思うことが多いゆえ、戒めになるかと加えてみたのだが」

「それでもこの、和をもちて貴しとなせという一文は良いと思いますよ。これを一条目にされては」

不比等の不満を和らげるように三千代は付け加えた。

「それからこの片岡の旅人の話は、いささか唐突な気もしますが、あなたがお考えになったのですか」

「ああ、先ごろ行き倒れて死んだ者があって、その歌を耳にしたのでな。厩戸王の徳を示す話として入れてみたがどうであろう」

「どうせならばその行き倒れは聖人だったことにして、聖人は聖人を知るという話にすれば厩戸王様のお力を示すことになるのでは。墓から遺体が消えて、与えた衣だけが残っていたとか」

「なるほどのう。我には考えつかぬ話じゃ」

不比等は感心したような、また少し呆れたような顔をしながら、三千代から戻された修正文に筆を入れた。

「それにしても厩戸王様はお可哀想なお方でございますね。私もすべて読んで胸が潰れる思いでした。このようなご生涯を送られたとは。今はもう御一族は残っておられぬのでしょうか」

「御子息の山背大兄王は蘇我入鹿に攻め滅ぼされて、厩戸王の弟、殖栗王や茨田王とともに斑鳩宮で自害したというが、それでも探せば一人二人は血縁の者はおるかもしれぬ」

「斑鳩宮はそのときに焼けて、法隆寺もその後に焼けたのでございますね」

「ああ、たしか壬申の役の前のことじゃ。浄御原の帝が金堂だけは建て直された。本尊の仏像や厩戸王の御物などは土倉があったために、いくらかは焼けずに残っていたと聞いたが」

「御立派な方とするならば、寺ももう少し手を入れたらいかがです。朝廷の力で塔を再建するとか」

「それは帝のお許しがなければ出来ぬことだが、この修正が出来上がったときに上皇様に申してみよう」

不比等はそう言いつつ、筆を置いた。

不比等が提出した厩戸王についての記述を、読み終えてから持統上皇は尋ねた。

「まことに厩戸王をこのように国記に残すことに懸念はないのか」

「上宮王家の一族は残っておりませぬゆえ、誰かが得をするということもございませぬ。かつて仏法を敬い、政にも精通した王族がいたと知らしめることで、天皇家の威信も高まり、皆の範として判りやすく示すことも出来ますする。また蘇我大臣の為した功績を消すことで、のちに近江の帝が蘇我親子を成敗されたことに異を申す者もおらぬようになりましょう」

「なるほど。蘇我のこともあるか。我が母も蘇我の出じゃが」

「蘇我と申しても入鹿と対峙した石川麻呂様のお血筋ゆえ、よろしいのではございませぬか」

「戯れ言じゃ。もはやそのようなことは気にもしておらぬ」

手にしていた修正文を横に置いてから、持統は目を閉じた。

「偽りを国記に記すのは浄御原の帝に申し訳ないが、この厩戸王が皇族の範となるのであれば、それで良いようにも思う」

「厩戸王様を範として、これからの世代に立派な皇族が育てば、またその方が新たな範となるのではございませぬか」

「確かにそうじゃ」

結局、上皇はこの修正文を国記に入れることを承諾した。

「いずれ国記が完成したときに、そなたから帝に厩戸王のことを教えてやってほしい」

「承知いたしました。まだ完成までには日がかかるかと思いまする」

この国記が日本書紀という名で出来上がるのは、二十年近く先のことである。

「つきましては厩戸王様が建てた法隆寺を再興したいと思います。浄御原の帝が金堂だけは再建なさいましたが、さらに仏塔も建てて皆の範となるにふさわしい寺にしたいと」

「そうじゃな。今のままではいずれまた朽ちるばかりであろう。帝のお許しを得てから朝廷で再建するとしようか」

上皇が承諾すれば決定したと同じことではあるが、形の上で天皇の承認が必要である。不比等もそれは十分承知している。

「帝はいつ紀伊からお戻りになりましょうや。かれこれひと月になりますが」

「そろそろ帰ると知らせがありました。武漏(むろ)の湯が気に入って長逗留になったようです。諸国の様子を見るのも良いことでしょう。私もまた東国へ行ってみようかと思っています」

「えっ、東国でございますか」

「浄御原の帝が亡くなるときに約束したのじゃ。壬申の役で世話になった東国の者たちに、もう一度礼を言うようにと。それを果たさぬままでは黄泉(よみ)の国でお会いしたときに叱られよう。来年にでも手配してくれるか。民が田畑の作業の終わるころで良い」

翌年の十月、持統上皇はひと月半ほどをかけて三河、尾張、美濃、伊勢、伊賀を巡幸し、各地の豪族や民に壬申の役の礼を言った。この年の田租を免除し、また身分に応じて位階や禄を与えた。上皇が恩義を忘れていなかったことに諸国の者たちは感激した。

この巡幸から都へ戻った翌月、疲れが出たのか、あるいは安堵したのか上皇は病の床に着き、十二月二十二日に五十九歳の生涯を閉じた。できるだけ簡素な葬儀にして、宮人は平常どおりに仕事を行うよう言い残した。

遺体は殯宮(もがりのみや)で安置したあと、一年後に天皇経験者としては初めて火葬を行った。遺骨は骨壺に入れられ、夫の天武天皇と同じ墳墓に眠ることになった。


後ろ盾であった持統上皇が亡くなって、二十歳の若い文武天皇は困惑した。

天武天皇の皇子の中では最年長の忍壁(おさかべ)皇子を起用して、太政官を統括させることにした。天武朝以来、天皇が政を主導してきたため、現状では誰が有力者ということもなく、それだけに皇族と諸臣との均衡を図ることが大切であった。

このころ右大臣であった阿部御主人(みうし)が死んで、大納言の石上(いそのかみ)麻呂が新たに右大臣となった。かつて物部麻呂として壬申の役では大友皇子の最期を見届けた人物である。実直な性格を天武帝は評価して、朝廷に抜擢していた。職務には誠実だが、表立って政を主導することはなかった。

不比等は大納言のままこうした動きを見ていたが次第に文武に接近し、持統のときのように細かな進言をしたりした。文武の信頼も徐々に厚くなり、慶雲四年には食封五千戸を与えると詔が下された。不比等はこれを遠慮して二千戸だけを受けている。

「なかなか法隆寺の再建は進みませんね」

久しぶりに屋敷を訪れた不比等に、三千代は少し嫌みを言った。

「朝廷もいろいろと忙しゅうてな。そのようなことを申し上げる暇（いとま）がないのじゃ。帝も慎重な御気質ゆえ、些細なことにも考え込んで先へ進まれぬ。上皇様が用心深くお育てになったせいかもしれぬ」

「赤子のころにお世話申し上げた私にも、責があるのでしょうね」

「まあ、そう嫌みを申すな。上皇様にはお許しをいただいたことでもあるし、近いうちに申し上げてみよう」

実は不比等には文武に対して、申し訳なさを感じている。それは妃となった娘の宮子がここ数年、気鬱が高じて会うのを拒んでいることである。六年前に産んだ首（おびと）皇子とも会うことなく、いろいろ手は尽くしたものの改善する気配はない。

「宮子のこともあって、なかなか言い出しづらくてな」

「それも帝の御心痛でございましょうね。早く回復すると良いのですけど」

ちなみに宮子の母は三千代ではなく賀茂比売（かもひめ）という。

二人がこうした会話をした数日後のこと。突然に文武天皇が病に倒れて、二十五歳の若さで崩御した。

思いも寄らぬ出来事に朝廷が揺れる中、次の天皇を誰にするか、右大臣の石上麻呂や大納言の不比等らで相談をした。この二年前に忍壁皇子は死去していたが、他にも天武天皇の皇子は穂積、舎人、長、弓削、新田部らが残っている。年齢も三十を超えており問題はなく、普通に考えるならこの中の誰かが即位すると思われた。

「亡き上皇様は、御子である草壁皇子の血筋を第一に考えておられました。その御遺志に背いてよいものでしょうか。帝に御子がおられます以上は、それを守り継いでいくことが我らの責務にございます」

不比等は老齢の石上麻呂を説いた。麻呂は六十八歳、不比等は四十九歳と二十ほども年が違うが、ここは押すべきところと不比等は腹を決めた。文武の御子というのは不比等の娘、宮子が産んだ首皇子（おびと）なのである。当然、石上麻呂も不比等の意図には気づいたが、それを押しのけて他の皇子を立てる気骨はなかった。ただ首皇子はまだ七歳である。

「いくら何でも若すぎよう。どうするつもりじゃ」

「帝の姉君の氷高様にお立ちいただきます」

「何と、氷高様じゃと」

石上麻呂は大いに驚いた。それまでにも推古、持統と女性の天皇はいた。しかし二人とも皇后を経験した後に即位している。氷高は皇后どころか婚姻さえもしておらず、年齢も二十八と即位するには若い。

三千代が氷高の乳母ということもあり、不比等は自分の意を伝えるのに好都合という狙いもあった。しかしこの計画は氷高本人の拒絶によって頓挫した。

「無理でございますよ。氷高様もお怒りでございました。きっと叔父上たちから責められるに違いないと」

三千代までも氷高の側に立って、不比等に苦言を呈した。

「縁も結ばず静かにお暮らしであるのに帝になって朝廷にお出になるなど、とても耐えられるはずがございませぬ」

「それならば次の手を考えるまでじゃ」

不比等が次に選んだのは文武の母の阿閇(あへ)皇女である。阿閇が草壁皇子の妃として産んだのが文武であり、草壁の血筋を守りたいという不比等の説得には同意した。また三千代はもともと阿閇に仕える侍女であり、その縁もあってこの計画は成立した。阿閇も皇后は経験していないが、皇太子草壁の妃である上に、天智天皇の娘ということも皆を承服させる要因となった。

文武崩御からひと月後に阿閇は即位し、のちに元明と呼ばれる天皇になる。元明は天智天皇の娘ということもあってか朝廷で諸臣を前にしても臆することなく、威厳を持った態度を見せたために、この即位への批判は次第に消えていった。

「阿閇様はさすが近江の帝の御子じゃ。氷高様よりもかえって良かったかもしれぬ」

不比等が感じたように、元明は政にも前向きで、四十七歳であったが常に新しいことを行おうという気概を持っていた。東国で見つかった銅を使って新たな貨幣、和同開珎を作ることにした。また奈良盆地の北部に新たな都を造ることを計画した。これらの実現のため計画を立て、現実の施策とするのは不比等の役目である。当然のことながら元明と不比等、さらに側で仕える三千代も含めて関係が深まり、元明即位の翌年には石上麻呂を左大臣に昇格させ、不比等は大納言から右大臣へと進んだ。

新都建設の話の中で、不比等が法隆寺再建を切り出すと、元明はあっさりと承諾した。

「そのことは三千代から聞いて知っています。厩戸王のことも承知していますよ」

「それでは仏塔の建築もお許しいただけますか」

「構いませんよ。すでに亡き姉上がお許しになったことでしょう。国記に厩戸王の業績を書き加えることも聞きました。良いことではありませんか。それが皆の範となるのなら」

あまりに簡単に事が運んで、不比等は拍子抜けするほどであった。

「そなたが常々、帝のお耳に入れておいてくれたおかげであろう。それにしても国記を偽ることも、男が思うほどには女人は気が咎（とが）めぬと見える」

屋敷に戻った不比等は三千代に報告した。

「感謝しているのか、女人を馬鹿にしているのか判りませんね」

「いや、馬鹿にはしておらぬ。男とは考えが違うようじゃと申しておる」

「過ぎた昔のことよりも、この先のことが良くなるのであれば、それで良いでしょう」

三千代の言葉に、あえて不比等は反論しなかった。


そして二年後、法隆寺の仏塔は再建された。

新たな都、平城京の建設と同時期で資材の調達が心配されたが、一番肝心の塔心が保管されていたことが判って、それをそのまま使うことができた。火災の時に燃え残っていたのである。

「これも御仏の計らいというものか」

完成した仏塔を見上げながら、元明天皇はつぶやいた。五層の屋根は上へ行くほど小さな造りとなっており、見上げたときに実際以上に高く感じる。以前の仏塔よりも秀麗に出来上がった。

「膳部(かしわで)の一族が塔心を保管していたそうで、そのまま使うことができました。厩戸王様も、さぞお喜びかと」

かたわらで不比等が答えた。

「膳部という厩戸王の嬪の一人の」

「さようでございます」

「大きなことは何もせなんだ厩戸王も、人には慕われていたのかもしれませんね」

「真に。何かしら不可思議なお方です。欲がなかったということが人を安心させ、あるいはお助けしたいと思わせたのかもしれませぬ」

「蘇我馬子も厩戸王を引き立てようとしていたようですが、その蘇我に一族が滅ぼされたのは皮肉なこと」

「代が代わりますと、互いに思いも変わるのでございましょう」

「それでこの先、この寺はどうするのです」

「はい。門や回廊を造り直して、もう少し手を入れようと思いまする。皆の範として恥ずかしくない程度にいたしませんと。それは我の負担で仕上げまする。我の勝手な思いつきですので」

「三千代が不満を申すのではないですか」

「いえ、実は此度(こたび)のことは妻の一言から始まったことで、今では妻のほうが厩戸王様に強く肩入れしているほどです。女人からすると一層、気の毒でお可哀想な方との思いが湧(わ)くのかもしれませぬ」

「そうですか、あの三千代が」

思わず元明は笑った。

「国記を偽るついでに、三千代を厩戸王の嬪の一人に加えてやったらどうですか」

「お戯(たわむ)れを。それはさすがに出来ませぬ」

元明の冗談に不比等は苦笑した。


この後、不比等と三千代の在世中に法隆寺の建物だけでなく、仏像や仏具など様々なものが整えられた。

天武が再建した当初の金堂には、司馬止利が作った釈迦三尊像と、いわゆる百済観音が祀られていたが、再建を祝して新たに天武は止利の息子に薬師如来像を作らせた。この上部に六九三年の仁王会(にんのうえ)の際、持統天皇が天蓋(てんがい)を寄進している。

不比等は厩戸王の姿を再現するような像を作ろうと考え、百済観音を模して観音菩薩の立像を作らせた。この像が完成すると、百済観音と交代して金堂に祀られた。現在、救世(くせ)観音と呼ばれ東院夢殿に安置されている像である。

三千代もまた厩戸王を敬うための文物を作らせては奉納した。後世に残る玉虫厨子などがそうである。玉虫厨子の下層部分には、四面のうち一面に釈迦が飢えた虎に自らの身体を与える絵が描かれてあった。

「いささか仏具にそぐわぬように思うが」

金堂の中で不比等が尋ねると三千代は答えた。

「金光明経にある捨身餌虎の教えを表したものでございます。これは厩戸王様というより善信尼の身を捨てて弟子を救った行いに感銘を受けて描かせたもの。意味合いは違いますが、身を捨てることの勇気を称えたいと思ったのです。天寿国で厩戸王様はお知りになったかもしれませぬが、生前にご存じであったなら今少しお強くなられたのではないかと思いまして」

「まあ、そなたの好きにするが良い。気に懸け様がまるで菩岐々美のようになってきておるな」

不比等はそう言って苦笑した。

「帝もそなたを厩戸王の嬪の一人に書き加えたらどうかと、ご冗談を言われたぞ」

「まあ、そのようなことを」

三千代は肩をすくめるような仕草をして、厨子の扉を閉めた。

「それでも遠い昔に様々なことで思い悩んだ皇子様がいらっしゃって、皇位も継げぬまま悲しくお果てになられたのは、ご同情申し上げたい気持ちになります。せめて我らで供養をして差し上げねばと思いますわ」

「いずれ天皇となる首皇子にも、このように仏法の興隆に力を入れ、国を平らかにしようと努めた御方がいたと教えて差し上げねば」

「それはすでに私から、たびたびお話し申し上げておりますわ」

「そうか、そなたに任せておけば心配はないな」

年少の首皇子に教え込むのは、柔らかな女人のほうが良いだろうと不比等は思った。

「これで亡き上皇様との御約束も、ようやく果たせた。我が作り出した厩戸王様が、王族だけでなく全ての民の範となっていけば、この国も美しく栄えていくことであろう。末永く民の心に生き続けるのであれば、たとえ偽りの姿でも厩戸王様はお許しくださるに違いない」

金堂から外へ出た二人は、そびえ立つ仏塔を見上げた。筋雲が流れる秋空の下、紅葉した山並みが錦のように美しく連なっている。周囲の回廊も造り直されて、整然と林立する柱が見事であった。さらに西の山際には西円堂という御堂を建てて、貴人らが参拝したときの休憩所とした。

「あとは何が必要であろうな。法興寺のように講堂も造らねばならぬか」

「そうでございますね。この先、厩戸王様の遺された三経義疏の教えを学びつないでゆく者たちを育てねば。それには学びの場も必要でしょう」

「我は平城京の整備もまだ途上ゆえ、こちらのことはそなたに任せても良いか」

「承知しました。実は今、ひそかに作らせているものがあるのです。厩戸王様が天寿国でどうお過ごしであるか、そのご様子を大きな刺繍にしております。帝にお話し申し上げましたら大変に興をお示しになって、銘文を書いていただくことになりました。それも刺繍にして編み込むつもりです」

「帝まで偽りに巻き込んで、いささかやり過ぎではないか」

「それでも随分と嬉しそうに案を練っておられましたので。よろしいのではございませぬか。いずれこの世は虚仮のようなもの」

「虚仮か」

「帝が銘文の中に書いておられました。世間虚仮と」

不比等は苦笑した。

「我が作り出した厩戸王も、虚仮には違いないな」

「あなたお一人ではございませぬ。私も帝も、さらには亡き上皇様も、皆で作り出したのでございますよ」

三千代は満足そうに笑って、秋の空を見上げた。

その後、三千代の娘の光明子や牟漏女王、孫娘の古奈可智らは、たびたび法隆寺に寄進し手厚く守っていく。三千代の薫陶を受けた首皇子はやがて即位し聖武天皇となって、仏教による国家安寧を願い大仏を建立し、全国に国分寺、国分尼寺を建てた。このことは日本に仏教が広まる大きな契機となった。

厩戸王はこの大仏完成のころには聖徳太子と尊称して呼ばれるようになり、仏教の普及に従って様々な逸話や伝説が生まれていく。不比等が意図したとおり一つの模範として、後世までこの国の人民に広く定着することになった。

三千代が寄進した巨大な刺繍には、厩戸王の死後に残され悲しんだ妃が、天上の厩戸王の様子を知りたいという願いから作ったと銘文がある。その妃の名は多至波奈（たちばな）とあるが、詳細の判らない女性である。この刺繍に名が残ることから、のちに厩戸王についてまとめた「上宮聖徳法王帝説」に妻の一人として名が記された。橘大郎女（たちばなのおおいらつめ）と呼ばれるが、橘とは三千代が元明天皇より賜った姓である。

元明天皇の戯れを三千代がいつ知ったのか。知ったときの二人の女性のやりとりを知りたい気もするが、もはやそれも遠い歴史の彼方のことである。

完

あとがき

聖徳太子の実像については古くから議論があり、近年もますます盛んになっているようである。議論があるということは、「日本書紀」などに記された聖徳太子、厩戸王が必ずしも実像ではないと誰もが疑うからであろう。

さらには後に派生した伝説の数々には、明らかに虚構であろうと思われるものがある。幼児のときに南無仏と言ったことや、一度に多くの人の訴えを聞き分けたことなどはまだしも、馬に乗って富士山の上を飛翔したなどという話は誰も信じることはできまい。

また太子による創建と称している寺や神社は数多くあるが、疑わしいと思わざるを得ない。四天王寺でさえも、蘇我氏と物部氏の戦いで十四歳の厩戸王が祈ったことを起源としており、それが事実としても勝利の証として寺を建てたのは、勝った蘇我氏であろうと思う。母の口中に菩薩が入り太子が生まれたという説明を聞いても、いよいよ本当の厩戸王は霧の彼方へ霞むばかりである。

後世に寺社から派生したであろう虚構を取り除いても、残るのは「日本書紀」の記述である。

よく言われるように「日本書紀」の成立過程で権力を掌握しつつあったのは藤原不比等であり、誰かの意向が加わるとすれば不比等が真っ先に考えられる。

しかし彼が筆を入れるとすれば、まずは父鎌足のことであろう。中大兄皇子とともに蘇我入鹿を倒した乙巳の変と、それに続く大化の改新での鎌足の功績と正当性を記すはずである。彼が厩戸王を聖人のように書いたとすると、どんな理由からだろうか。そんな疑問から書き始めたのがこの小説である。

「日本書紀」を疑いつつも拠り所にしなければいけないという矛盾との格闘であるが、ほかにも手がかりはある。測定技術の進歩により、建造物の資材の採取年代が明らかになったことである。法隆寺仏塔の塔心の採取年が五九四年であり、これは飛鳥に法興寺が建設中の時期と重なる。六〇〇年頃の創建とされる法隆寺は六七〇年に焼失し、その後あらたに建てられたものが現在の法隆寺だが、現存の塔心が、創建のころに採取された資材であるのはどんな経緯があるのか。使う予定のない古い資材が保管されていたのか、もしくは塔心は燃え残って再利用されたのか。

また発掘調査により、創建当時の法隆寺は現在よりも南の位置にあり、南北に塔と金堂が並んでいたことが判明している。中心線は正しく南北ではなく、北側の金堂が西へ傾くような配置である。飛鳥の都から斑鳩へ向かう場合、塔の後ろに金堂が隠れて、あまり見栄えが良いとは思えない。両者が最も良い配置に見えるのは西側から見た場合であろう。西とは難波から大和へ入る大和川沿いの街道からの視点であり、それを意識したのではないかと推測できる。

仏像についても現在の法隆寺所蔵の仏像のうち、飛鳥時代のものは金堂の釈迦三尊像、薬師如来像、四天王像のほか百済観音像、救世観音像などであり、そうしたものが当時は祀られていたと考えられる。

美しい微笑で名高い中宮寺の半跏思惟像も飛鳥時代の作で、これらの像がこの時代に存在していたということで作中にも登場させてみた。厩戸王が母を思ってあの像を刻んだとすれば、神秘的で永遠の慈愛を感じさせるあのたたずまいも、いっそう深い意味合いを持つことになると思うが、今のところこれは私の空想でしかない。

またこれも空想になるが、厩戸王の墓について作中では法隆寺の西ということで藤ノ木古墳を暗示させた。斑鳩に古墳を造るとしたら厩戸王が一番ふさわしいと思うのだが、現在のところ藤ノ木の被葬者は二名の男性ということになっている。しかし同じ石棺に男性同士を納めるというのは親子か兄弟ならあるかもしれないが、それでも不自然な気がする。一方が小柄な骨格だったことから男女のような気がして、これが厩戸王と菩岐々美であればこんな美しい完結はないだろう。男女説を主張している研究者もいらっしゃるそうで今後の解明に期待している。

もしそうだとすると厩戸王の墓とされている大阪府の太子町の磯長陵が問題となる。石室の造りは七世紀後半のものとされ、厩戸王が死去した六二一年と多少のずれがある。藤ノ木古墳は六世紀末とされ、こちらのほうが時期としては近い。

太子ということを手がかりに考えると、七世紀後半に死去した皇太子は六八九年の草壁皇子がいるが、もしかすると六九六年に死去した高市皇子も皇太子の扱いだったかもしれない。持統帝の前半は不在がちの天皇に代わって、高市皇子が実質の天皇のように政治を行っていたと思われ、あるいは皇太子であったかもしれない。のちに高市皇子の息子の長屋王が謀反の罪を着せられ自殺したことから、高市皇子もまた藤原四兄弟によって墓を奪われた可能性はないだろうか。日本書紀にある厩戸王死亡後の「太子を磯長陵に葬る」という記述も、四兄弟によって書き込まれたことになるが、さすがに空想が過ぎようか。

判明している事実をもとに空想を膨らませ、できるだけ矛盾のないように書いたつもりだが、この物語もまた一つの虚仮である。真の厩戸王、聖徳太子とはどんな人物であったか、読者それぞれの想像にお任せするばかりである。

ただ書き終えてみると、日本人全般の心の安寧につながるのであれば、旧来の聖徳太子像のままだまされていても良いのではないかと、わずかに思ったりもする。すでに藤原不比等の掌中にあるのかもしれない。

筆者

著者紹介
倉橋 寛（くらはし・かん）
1961年、愛知県江南市生まれ。南山大学経営学部卒。
2000年に「飛鳥残照」で第1回飛鳥ロマン文学賞を受賞。
『赤き奔河の如く』（2011年）、『卍曼陀羅』（2015年）、『乱雁』（2018年）、『天狼の爪牙』（2022年）。

装幀◎倉橋 寛

虚仮王（こけのおう）

2024年4月3日　第1刷発行　（定価はカバーに表示してあります）

著　者　倉橋　寛
発行者　山口　章

発行所　名古屋市中区大須1丁目16-29
振替 00880-5-5616 電話 052-218-7808　風媒社
http://www.fubaisha.com/

印刷・製本／モリモト印刷　ISBN978-4-8331-2121-7
＊乱丁・落丁本はお取り替えいたします。